Hoe lang zijn geheimen houdbaar?
door IzzyLove

hoe lang zijn geheimen houdbaar?

door Izzy LOVE

Manon Sikkel

moon

Van Manon Sikkel verschenen eerder:

Is liefde besmettelijk? door IzzyLove (2008) – Bekroond met
de Hotze de Roosprijs 2009 en de Debuutprijs van
de Jonge Jury 2010
Is vriendschap 4ever? door IzzyLove (2009) – Getipt door
de Nederlandse Kinderjury 2010

Eerste druk maart 2010
Tweede druk juli 2010

© 2010 Manon Sikkel en Moon, Amsterdam
Omslagontwerp en illustraties Marlies Visser
Zetwerk ZetSpiegel, Best

ISBN 978 90 488 0438 2
ISBN 283

www.izzylove.nl
www.manonsikkel.nl
www.moonuitgevers.nl

Moon is een imprint van Dutch Media Uitgevers bv.

Mixed Sources
Productgroep uit goed beheerde
bossen, gecontroleerde bronnen
en gerecycled materiaal.
www.fsc.org Cert no. SGS-COC-003091
© 1996 Forest Stewardship Council
FSC

moon
Dit boek is ook leverbaar als e-book:
ISBN 978 90 488 0811 3

Voor Maria, Laszlo en Michiel Klønhammer

Elke familie heeft een geheim. Zelfs mijn familie heeft er een.
En als de leraren niet hadden besloten om te gaan staken en
de scholen niet wekenlang dicht waren geweest, dan had ik het
geheim waarschijnlijk nooit ontdekt. Maar laat ik het verhaal
van voren af aan vertellen.
Het begon allemaal met een begrafenis...

Izzy
LOVE

1

Elke seconde gaat er ergens op de wereld iemand dood. Dat heeft Isa ooit ergens gelezen. Vandaag is ze op weg naar haar eerste begrafenis. Ze kijkt naar haar eigen gezicht dat weerspiegelt in het raam van de trein en ze moet glimlachen. Mag je eigenlijk lachen als je op weg bent naar een begrafenis, vraagt ze zich af. Ze luistert naar het geratel van de trein en telt: een-twee-drie, en weer drie mensen dood, vier-vijf-zes, en weer zes mensen dood.

Haar moeder zit tegenover haar en leest haar e-mail op haar telefoon. 'Is het nog ver?' vraagt Isa.

'Nog een halfuur,' antwoordt haar moeder.

Ze zijn op weg naar het dorp waar Isa's moeder als kind woonde. Isa is er maar één keer eerder geweest, al kan ze zich daar niets meer van herinneren. Haar grootouders zijn overleden voor Isa werd geboren en haar moeder heeft altijd gezegd dat ze niemand meer kende in haar dorp en dat ze daarom geen reden had om terug te gaan. Daarom was Isa verbaasd dat haar moeder een paar dagen geleden opeens werd gebeld door een buurmeisje van vroeger dat vertelde dat hun oude buurvrouw in het dorp was overleden. Isa had gelachen toen ze hoorde hoe ze heette, maar haar moeder had gezegd dat je nooit mocht lachen om mensen die net waren overleden, ook niet als ze een heel gekke achternaam hadden, zoals *Meneer*.

En nu zit ze hier, in de trein, op weg naar de begrafenis van mevrouw Meneer. 'Wanneer heb je die buurvrouw voor het laatst gezien?'

'Ik weet het niet meer. Het is al heel lang geleden. Ik denk dat ik een jaar nadat jouw opa en oma waren overleden nog een keer bij haar ben langsgegaan.'

'Maar waarom ga je nu naar haar begrafenis als je haar zo lang niet meer hebt gezien?' Isa kijkt haar moeder vragend aan.

'Omdat het een heel lieve vrouw was en ik fijne herinneringen aan haar heb. Mijn buurmeisje en ik speelden altijd bij haar in de tuin. We hadden daar onze eigen boomhut.'

'Toch vind ik het gek dat je naar de begrafenis gaat van iemand die je zo lang niet hebt gezien.'

'Ik heb haar niet meer gezien, maar ik heb wel jarenlang contact met haar gehouden. Ik kreeg altijd een kerstkaart van haar. En toen jij geboren werd, is ze een keer langsgekomen om naar je te kijken.'

Isa ziet dat de ogen van haar moeder vochtig worden. 'Maar ze was wel al stokoud,' zegt Isa.

'Ja, ze was inderdaad stokoud.' Haar moeder kijkt naar buiten en glimlacht.

'Wat een reusachtige huizen,' zegt Isa, wanneer ze door de straat lopen waar haar moeder vroeger woonde. 'Ik wist niet dat het hier zo mooi was. Ik zou er zelf wel willen wonen.'

Izzy LOVE

Haar moeder schudt haar hoofd. 'Nee, dat wil je niet. Het is een saai dorp waar nooit iets gebeurt.'

'Toch vind ik het mooi,' zegt Isa.

Opeens staat haar moeder stil. 'Kijk,' zegt ze. 'Hier woonde ik vroeger.' Ze staan voor een oude, witgekalkte villa met een diepe voortuin waar iemand heel veel kleine heggetjes in heeft gezet. Tussen de heggen liggen witte kiezelstenen en in het midden van de tuin staat een marmeren beeld van een half blote vrouw zonder armen.

'Ongelooflijk.' Isa's moeder buigt zich over het koperkleurige hek naar voren. 'Je oma hield zo van tuinieren. Ze had hier een prachtige tuin met wilde bloemen aangelegd. Hier was een poortje van rode rozen. En waar nu dat afgrijselijke beeld staat, daar stond vroeger een oude appelboom. Als ze dit zou zien...'

Isa, die naar haar oma vernoemd is, probeert zich voor te stellen hoe haar oma hier lang geleden rondliep. Haar oma zag er net zo uit als Isa's moeder, maar dan met wit haar. Haar opa had een heel leuk lachgezicht, dat weet ze van de foto die thuis in de kamer hangt. Van haar oma heeft Isa wel tachtig foto's gezien, maar nooit een foto van het huis.

Haar moeder kijkt op haar mobieltje. 'O jee, we komen te laat. We moeten rennen.'

Ze zegt wel vaker dat ze moeten opschieten, maar nu bedoelt ze echt rennen. Isa voelt steken in haar zij. Maar net wanneer ze denkt dat ze zelf ook dood gaat neervallen, ziet ze de ingang van de begraafplaats.

'Gaat het?' Haar moeder veegt met haar hand voorzichtig het zweet van Isa's gezicht.

Isa heeft het gevoel alsof haar longen in haar keel zitten. Buiten adem loopt ze het grindpad op naar de begraafplaats. Langs het pad ziet ze mensen in groepjes bij elkaar staan. Ze praten zacht en knikken naar haar wanneer ze langsloopt. Ze heeft het gevoel dat alle mensen haar nakijken. Misschien is dat ook wel zo. Ze heeft vanochtend een rode jurk met een open rug aangetrokken. Het was de enige jurk die ze had en haar moeder wilde per se dat ze een jurk aan zou trekken. Zelf heeft haar moeder een strakke zwarte jurk zonder mouwen aan, en zwartwitte schoenen met reuzehoge hakken. Ze ziet er een beetje uit als een filmster, vindt Isa. Het is ook niet gek dat al die mensen naar hen kijken. Samen zien ze er zo leuk uit vergeleken bij al die gekreukelde mensen in hun fluorescerend grijze kleren. Het is net, denkt Isa, alsof ze met z'n allen naar de outlet van grijze kleren zijn gegaan en daar groepskorting hebben gekregen. Dertig grijze pakjes halen, negenentwintig betalen.

Opeens ziet ze aan het eind van het pad een jongen staan. Hij is iets ouder dan zijzelf, schat ze. Hij heeft een spijkerbroek aan en een zwart overhemd. Met de punt van zijn schoen tekent hij cirkels in het grind. Ze kan haar ogen niet van hem af houden. Nog nooit heeft ze een jongen gezien die zo knap is als hij.

Tot haar schrik ziet Isa dat haar moeder recht op de jongen af loopt. Naast hem staat een grote blonde vrouw in een veel te strak mantelpak. 'Dag Vera,' zegt haar moeder. Het lijkt alsof de vrouw moet blozen.

'Wat goed dat je bent gekomen,' zegt de vrouw, die zenuwachtig onzichtbare pluisjes van haar mouw plukt. 'En wat zie je er goed uit. Je bent nog net zo mooi als vroeger.'

'Jij bent ook geen haar veranderd,' zegt Isa's moeder. Isa vraagt zich af hoe die vrouw er vroeger uit heeft gezien als ze geen haar is veranderd. Dan moet ze een heel gek groot kind met geblondeerd haar zijn geweest.

'Dit,' zegt de vrouw, en ze wijst naar de jongen naast haar, 'is Jan.'

Isa voelt zich licht in haar hoofd worden. Van dichtbij is hij nog mooier dan van een afstandje. Hij heeft groene ogen die recht door haar heen lijken te kijken.

'En dit is Isabella.' Het lijkt alsof haar moeders stem van heel ver komt. Alsof Isa in een dichte mist staat en ze niets meer ziet of hoort, behalve die jongen met zijn zwarte haar en zijn zeegroene ogen.

'Hoi,' zegt hij.

'Hoi,' zegt Isa. Ze voelt haar wangen zo rood worden als haar jurk. Snel kijkt ze opzij zodat de LJDZOOH – de Leukste Jongen Die Ze Ooit Ontmoet Heeft – het niet ziet.

Op dat moment ziet ze een grote donkere begrafenisauto heel langzaam het grindpad op rijden.

'We zijn hier bij elkaar om onze dierbare tante te herdenken.' De man die op het podium achter de microfoon staat kijkt ernstig het zaaltje van het rouwcentrum in. Isa zit op de achterste rij en luistert naar de man in zijn donkerblauwe pak die heel langzaam vertelt over het leven van zijn tante. 'Een groot deel van haar leven heeft tante in hetzelfde huis ge-woond,' zegt hij. 'Voor ons, haar neven, was haar huis een veilige haven en het rook er altijd naar verse koffie.'

Gadver, denkt Isa, een huis dat altijd naar koffie ruikt. Ze kijkt naar de mensen in de zaal. Bijna iedereen heeft grijs haar, behalve die ene jongen die drie rijen voor haar zit. Ze kan haar ogen niet van zijn glanzende zwarte haar af houden. Jan, denkt ze, wat een gewone naam. Zou hij ook een neef van de dode mevrouw Meneer zijn? En heet hij dan Jan Me-neer? Dat zou wel weer jammer zijn van zo'n leuke jongen, denkt ze. Als je het heel snel achter elkaar uitspreekt, klinkt het als 'jammeneer'.

'En dan vragen wij nu alle aanwezigen om een minuut stil te zijn en in die tijd de overledene te herinneren zoals wij haar het liefste zagen.' Isa schrikt op uit haar gedachten. Ze heeft geen idee waar ze nu aan moet denken. Ze kent de overledene maar op één manier en dat is liggend in een kist. Ze staart naar de lichtbruine houten kist waar een dekentje van witte rozen op ligt. *Daarin ligt mevrouw Meneer en ze haalt geen adem meer.* Isa kijkt snel weer naar de jon-gen met het zwarte haar. Ze denkt nu eenmaal liever aan een leuke levende jongen dan aan een onbekende dode vrouw.

Opeens klinkt er keiharde muziek in de zaal. *'I am telling you,'* klinkt er uit de luidsprekers, *'I'm not going.'* Isa moet haar lach inhouden. Wie draait er nou zulke muziek op een begrafenis? Zingen *'I'm not going'*, terwijl je allang dood bent. *'You're gonna love me,'* zingt de zangeres met een hoge uithaal,

Izzy LOVE

en daarna *'love me, love me, love me, love me'*. Isa heeft altijd gedacht dat er op begrafenissen alleen maar huilmuziek werd gedraaid, maar dit is best een leuk lied. Ze kijkt naar Jan en stelt zich voor hoe ze hand in hand over de begraafplaats lopen. *Love me, love me,* zingt ze in haar hoofd mee. Ze kan een grote glimlach niet onderdrukken. Lachen op een begrafenis mag, heeft ze zojuist besloten.

Even later klinkt er zielige vioolmuziek. Achter de kist gaan twee grote deuren open. Isa ziet een lange laan met links en rechts hoge bomen en daarachter grafstenen zo ver als ze kan zien. Vijf mannen en een vrouw in lange zwarte jassen tillen de kist op en lopen ermee naar buiten. Jan en zijn moeder staan vooraan op het gangpad.

'Kom,' fluistert Isa tegen haar moeder, en ze trekt haar aan haar arm mee het gangpad op. Als ze opschiet, kan ze achter Jan en zijn moeder aan naar buiten lopen.

'Nee, wacht maar even tot iedereen weg is.' Haar moeder doet een stap naar achteren. Een oudere man die een vrouw in een rolstoel duwt loopt langs en glimlacht naar hen. Schiet op, denkt Isa.

Even later loopt Isa buiten in een lange stoet van oude mensen. Jan loopt vooraan in de rij. Hij steekt wel een kop boven de mensen om hem heen uit. Als ze een beetje doorloopt, kan ze nog bij hem in de buurt komen. Maar waarom lopen al die mensen voor haar zo gruwelijk langzaam? Het zijn slakjes in grijze pakjes, denkt ze. Opeens krijgt ze een enge gedachte. Over een tijdje zijn jullie allemaal dood. Ze probeert nu alle mensen weg te denken en stelt zich voor hoe ze daar alleen met Jan loopt en hun moeders.

'We krijgen onweer,' klinkt een piepende stem naast haar. Isa kijkt naar de lucht. Die is opeens donkergrijs geworden. De vrouw in de rolstoel, die naast haar rijdt, met knarsende wielen in het grind, kijkt haar aan alsof ze wil waarschuwen voor iets heel ergs.

'En ze was zo bang voor onweer.' Isa hoort het haar moeder heel zacht zeggen, alsof ze in zichzelf praat in plaats van dat ze de vrouw antwoord geeft.

Isa kijkt naar de grafstenen die langs het pad staan. FAMILIE VERDRIET, staat er op een steen, WILLEM KOEK staat er op een andere en JACOBUS SUKKEL op de steen ernaast. Het is een dorp met gekke namen.

'Wilt u een kopje koffie?' vraagt een vrouw met een dienblad vol witte kopjes en schoteltjes, wanneer Isa even later in een zaaltje van de begraafplaats staat. Er staan hoge tafeltjes met bordeauxrode tafelkleedjes en langs de muur staat een rij grijze stoelen. Waarom, denkt Isa, kunnen ze het hier niet wat oppimpen? Alsof mensen die doodgaan altijd een slechte smaak hebben. 'Nee, dank u, ik hou niet van koffie.'

'Je lijkt op je moeder toen ze jong was.' De moeder van Jan is naast Isa en haar moeder komen staan. Ze doopt een plak cake in haar koffie.

'Dat zegt iedereen,' zegt Isa, die voorzichtig om zich heen kijkt om te zien waar Jan is. Ze stelt zich voor hoe hij straks bij hen komt staan en haar aankijkt en dan naar haar glim-

Izzy LOVE

lacht. Kom je hier vaker? vraagt hij dan. En zij zal lachen om zijn gekke vraag. Natuurlijk komt ze hier niet vaker. En terwijl hij iets dichter bij haar komt staan, zegt hij met een knipoog: wat doet een leuk meisje als jij op een begraafplaats als deze?

Isa is zo ver weg met haar gedachten dat ze schrikt wanneer ze opeens de stem van Jans moeder hoort. 'Jazeker,' zegt ze, 'en ik kan het weten. Ik ken je moeder al vanaf dat ze een baby was, nietwaar?'

'Zeker, Vera,' zegt Isa's moeder. Jazeker, de hypotheker, denkt Isa. Ze voelt de hand van haar moeder, die zachtjes tegen haar arm duwt. 'Waarom ga je niet even naar buiten voor wat frisse lucht?'

Ze heeft helemaal geen zin in frisse lucht. Ze wil in de buurt blijven van Jans moeder, omdat ze hoopt dat Jan dan bij hen komt staan, ook al ziet ze hem nu nergens.

Haar moeder geeft haar een iets harder duwtje. 'Vijf minuutjes,' fluistert ze in Isa's oor.

'Mam,' sputtert ze tegen, en ze kijkt haar moeder smekend aan, maar die geeft haar nu een stevige duw in de richting van de deur.

Buiten springt ze op een muurtje en kijkt, bungelend met haar benen, naar de oprijlaan. Er staan nog steeds mensen langs het pad. Andere mensen dan een uur geleden, maar ze lijken er wel sprekend op. Precies dezelfde begrafenisauto rijdt opnieuw het pad op.

'Kom je hier vaker?' hoort ze achter zich.

Isa draait zich om en kijkt recht in de prachtige groene ogen van Jan. Ze moet zich aan het muurtje vasthouden om niet achterover te vallen. Haar hoofd duizelt.

'Wat denk je?' vraagt Isa. Haar vraag klinkt heel onaardig, terwijl ze hem grappig had bedoeld. Sorry, sorry, sorry, zo bedoelde ik het niet, denkt ze.

'Ik denk van niet,' zegt hij. Zijn antwoord klinkt ook onaardig en ze heeft niet het idee dat hij het anders bedoelde. Hij klinkt hard en kortaf.

'Nou, dat heb je dan goed gedacht,' zegt Isa.

'Je hebt hier natuurlijk ook niks te zoeken,' zegt hij.

'Nee, ik weet wel leukere plekken om naartoe te gaan.'

'O ja? Waar dan?' Hij schopt een paar kiezels weg.

'Ja, dat ga ik jou niet vertellen,' zegt Isa, en ze draait haar hoofd weer naar de oprijlaan. *Raar kind*, zegt ze in gedachten tegen zichzelf. *Isa, doe normaal. Gek, raar, onbegrijpelijk kind. Wat ben je aan het doen? Draai je om en zeg iets aardigs tegen hem.*

'Waar kent jouw moeder de mijne eigenlijk van?'

'Hoe zou ik dat moeten weten? Ik heb je moeder nog nooit gezien.' Jan slaat zijn armen over elkaar en kijkt haar recht aan.

Isa begrijpt niet waarom het lijkt alsof ze ruzie hebben. Of hébben ze ruzie? Kun je ruzie hebben met iemand die je niet kent? Het overweldigende gevoel van verliefdheid op het eerste gezicht is omgeslagen in ruzie op het eerste gezicht.

Hoe kan iemand die zulke mooie ogen heeft zo stom zijn?

'Ik ga naar binnen,' zegt ze, en ze springt van het muurtje af. Jan haalt zijn schouders op, buigt zich voorover om een kiezel op te pakken en smijt die hard weg. Zonder nog om te kijken loopt Isa terug.

Ze heeft het gevoel alsof ze net met een harde klap tegen een glazen deur aan is gelopen. Ze weet ook wel dat haar eerste antwoord onaardiger klonk dan ze bedoeld had, maar dan hoeft hij toch niet gelijk zo bozig terug te doen? Ze ziet haar moeder op een stoel zitten tussen twee oudere dames in. Beiden houden haar vast met een hand op haar arm. De twee vrouwen hebben precies dezelfde spierwitte krullen en ze dragen allebei een zwart mantelpak met een zalmroze blouse eronder.

'Mam, wanneer gaan we weg?'

'O, dit is mijn dochter,' zegt haar moeder, en de twee oude vrouwen lachen hun spierwitte tanden bloot.

'Hemeltje, wat lijkt ze op jou,' zegt de een.

'Als twee druppels water. Ik zie je nog zo voor me, achter op de fiets bij Willem, alsof het gisteren was,' zegt de ander.

'We moeten gaan,' zegt Isa's moeder ineens, en ze staat op. Ze zoent de vrouwen snel op hun wang en trekt Isa mee naar de garderobe. 'Hadden we eigenlijk jassen bij ons?'

'Nee,' zegt Isa, 'we hadden geen jassen.' Isa begrijpt niet waarom haar moeder opeens zo vreemd doet, maar waarschijnlijk doen mensen altijd raar op begrafenissen.

'Mam, waar ken je die Vera eigenlijk van?'

'We waren buurmeisjes. We woonden allebei aan een kant van mevrouw Meneer. Maar kom, laten we snel gaan.'

Net wanneer ze bij de deur zijn, komt Vera naast hen staan. 'Je denkt toch niet dat ik jullie zomaar laat gaan?'

'Sorry, Vera, maar we moeten de trein halen.'

'Dan nemen jullie maar een trein later. We gaan naar mijn huis voor een kopje thee en ik wil geen nee horen. Je kunt na een begrafenis niet zomaar naar huis gaan. Ik heb Jan al vooruit gestuurd om iets lekkers te halen. Bij stress moet je zoetigheid eten, zeg ik altijd.'

LOVE

coole dingen om te weten

Als dit de eerste keer is dat je op mijn website komt,
dan zeg ik: welkom! Ik ben Isabella Strombolov, maar
iedereen noemt me Henk van Dam :-{)}. Of Izzy of
Isa of IzzyLove. Ik ben verslaafd aan Oreo's, mijn
laptop en schrijven op mijn eigen website. Meestal
schrijf ik daarop allemaal handige tips over de liefde.
Maar omdat ik op dit moment niet verliefd ben :-((,
vul ik mijn site nu met computertips [@]~_. Op
internet heb ik een hele lijst met grappige smileys
en andere tekens gevonden :-k. Die typ ik even
over.

:-)	blij
:-))	erg blij
:%)	blozen
>:-<	boos
<3	zoen
8-#	dood
X-(	net dood
*-)	doodgeschoten

:-# beugelbekkie
:^D fantastisch en goedgekeurd
:-k geestelijke uitdaging
?:-L geen idee
8-o geschokt
:-{)} glimlach met snor en baard
:'(huilen
:') huilen van blijdschap
;-D knipoog geven en lachen
:-C ongelukkig
{{...}} knuffel (met naam ertussen)
[:-) koptelefoon
$-) loterij gewonnen
-:-(punkrocker (echte punkrockers lachen niet)
:-() je reed met een auto over mijn teen

En omdat ik geen teken voor 'verliefd' heb kunnen
vinden, heb ik dat zelf verzonnen: *<3.
En een tekentje voor 'computer' heb ik ook zelf
verzonnen: [@]~_.
En zo ziet mijn moeder eruit als emoticon: §§:'-(3.
Ze kijkt nu een beetje zielig omdat we vandaag naar
een begrafenis gaan X-(. Ze heeft gevraagd of ik mee
wilde om haar gezelschap te houden. En natuurlijk
wilde ik mee, want ik ben nog nooit op een begrafenis
geweest :-)). Ik vind het spannend om voor het eerst

Izzy
LOVE

van mijn leven naar een begrafenis te gaan. Het lijkt me koeliejoelieleuk.

2

Het huis waar Vera Isa en haar moeder mee naartoe neemt, lijkt een beetje op een kabouterhuisje. Het heeft groene luiken en voor de ramen hangen rood-wit geblokte gordijntjes. Isa kent dit soort huizen uit de Efteling, maar dan kun je alleen naar binnen kijken. Dan zie je door de raampjes heen een stoffige geit met zeven kleine geitjes, of Roodkapje die op bezoek komt bij haar oma die in een wolf veranderd is.

'Het is een beetje een rommeltje, maar let daar vooral niet op,' zegt Vera, die voor hen uit naar de woonkamer loopt. De kamer is klein en donker en staat vol met antieke meubels. Isa en haar moeder gaan op de bank zitten. 'Wat voor thee kan ik jullie aanbieden?' Zonder op antwoord te wachten loopt Vera de kamer uit.

'Doe maar wijn,' zegt Isa's moeder. 'En doe er maar gelijk een hele fles van.'

'Wat zei je?' klinkt het vanuit de keuken.

'Ik zei: thee, lekker.'

Isa zit naast haar moeder. Hier woont hij dus, de jongen die niet alleen de mooiste jongen is die ze ooit gezien heeft, maar ook de onaardigste. Ze begrijpt nog steeds niet waarom hij zo bot tegen haar deed.

'Ik hoop dat jullie van roze koeken houden,' zegt Jan, die de kamer is binnengekomen en het pak koeken op tafel gooit.

Vera steekt haar hoofd om de hoek van de deur. 'Roze koeken? Jantje, hoe kun je dat nou doen? Ik bedoelde natuurlijk lekkere zandkoekjes van de banketbakker.'

'Isa is dol op roze koeken,' zegt Isa's moeder snel.

Jan gaat onderuitgezakt op de stoel tegenover Isa zitten en stopt de dopjes van zijn iPod in zijn oren.

Wat een sukkel, denkt Isa.

Vera komt de kamer in met een zilveren dienblad met daarop vier gebloemde theekopjes. 'Zo, dames, een verrukkelijk kopje rooibosthee. Daar hiel mevrouw Meneer ook zo van. Die lieve arme schat, ik kan maar niet begrijpen dat ze er niet meer is. Vorige week was ze 's morgens nog in haar huis bezig en een paar uur later lag ze dood tussen de hortensia's. Dat het zo snel kan gaan, hè? En die tuin,' zegt Vera, terwijl ze een groot stuk roze koek in haar mond stopt, 'dat was echt haar grote trots, haar *masterpiece*. Niemand had zo'n beeldige tuin als zij.'

'Het is hier helemaal niet veranderd,' zegt Isa's moeder. 'Ik weet nog zo goed dat ik hier als kind altijd kwam spelen. Stond daar in de hoek niet een piano vroeger?'

'Dat je dat nog weet,' zegt Vera.

Isa kijkt naar haar nagels. Als Vera en haar moeder hier nog heel lang over vroeger gaan kletsen, dan heeft ze straks heel lange nagels. Toen haar moeder gisteren vroeg of ze mee wilde naar een begrafenis, moest ze zich inhouden om niet meteen joepie te roepen. Maar als ze had geweten dat ze daarna in een kabouterhuisje moest zitten om zulke saaie verhalen aan te horen, dan was ze thuisgebleven. Maar, zegt een stemmetje in haar hoofd, dan had je ook nooit de knapste jongen van de wereld ontmoet. Ze kijkt naar Jan, die nu met zijn ogen dicht zit mee te knikken op de muziek.

'Ik weet nog heel veel van vroeger,' zegt Isa's moeder. 'Ik weet nog dat we van je moeder altijd ons bord helemaal leeg moesten eten en dat ze het toetje op hetzelfde bord deed als het gewone eten en dat je dan soms nog een stukje aardappel met jus in je vla vond.'

Isa gaapt.

'Ach gut, kind,' zegt Vera, 'het is ook een tikje saai voor jou. Janneman, waarom laat jij Isa niet even de tuin van mevrouw Meneer zien?'

'Welkom in de tuin.' Jan houdt het hek open voor Isa en buigt wanneer ze langs hem loopt. 'Links ziet u gras en rechts ziet u bomen. Die gekleurde dingen daar achterin zijn de hortensia's, of de *crime scene* in dit geval.'

'Je hoeft mij niet rond te leiden, hoor, als je daar geen zin in hebt,' zegt Isa. Ze kijkt naar de lucht, die nu echt heel donker begint te worden. De enige reden dat ze met hem is meegegaan, is dat het minder erg is dan binnen zitten. Als hij maar niet weer zo idioot gaat doen, denkt ze.

'Kom mee,' zegt hij plots. Hij zegt het alsof hij een generaal is die zijn soldaten naar het slagveld stuurt.

Met grote passen loopt hij over het tuinpad. Zonder te kijken of ze achter hem aan loopt, loopt hij naar de zijkant van het huis en klimt op een ijzeren vuilnisbak die naast de voordeur staat. Isa kijkt naar het huis van mevrouw Meneer. Het is heel modern, groot en wit en met ramen die helemaal tot aan de grond komen. Er zit een hoog rood puntdak op dat niet bij de rest van het huis lijkt te horen. Het is net alsof het huis licht geeft, zo tegen die donkere lucht afgetekend, vindt Isa.

Jan heeft een sleutel van een randje boven de deur gepakt en houdt nu de deur voor haar open. 'Je hoeft niet zo bang te kijken want er is niemand thuis. Iedereen is namelijk dood.'

Isa voelt een rilling over haar rug lopen. Ze is nog nooit in het huis van een dode geweest. Zo zachtjes als ze kan, loopt ze door de hal. Aan de muur hangt een schilderij van een man met hetzelfde donkere haar als dat van Jan. De man op het schilderij heeft een wit overhemd met opgerolde mouwen aan. Zijn ene hand houdt hij in zijn broekzak, in zijn andere hand houdt hij een pijp vast. Hij heeft een smal gezicht met grote lichtgroene ogen die Isa vriendelijk aankijken. 'Wie is dat?'

'Dat is meneer Meneer.'

'Meneer Meneer?'

'Ja, de man van mevrouw Meneer. Hij was architect. Een heel beroemde ook. Hij heeft dit huis gebouwd.' Voor het eerst klinkt Jans stem een beetje aardig.

'Is hij ook dood?'

'Ja. Hij is al heel lang dood. Ik heb hem zelfs nooit gekend, maar Mémé heeft me heel veel over hem verteld.' Hij zegt het met een lieve klank in zijn stem.

'Mémé?'

'Ja, zo noemde ik haar. Het is een afkorting van Me-vrouw Me-neer.'

'Was ze familie van jou?'

'Nee, niet echt.'

Hij loopt de woonkamer in en wenkt Isa dat ze achter hem aan moet komen. De woonkamer is groot en licht en er staan heel weinig meubels in. Heel anders dan in de huizen van de meeste oude mensen, denkt Isa. Er staat een glazen eetkamertafel met stoelen waarvan de rugleuningen bijna net zo hoog zijn als Isa zelf.

'Het ruikt hier gek,' zegt Isa.

'Zo ruikt het hier altijd, hoor,' zegt Jan, die ineens weer doet alsof hij Isa het stomste meisje vindt dat hij ooit heeft ontmoet.

'Wat voor iemand was ze toen ze nog leefde?' Isa voelt zich ongemakkelijk. Veel liever zou ze teruggaan naar haar moeder en dan snel met de trein naar huis om hier nooit meer terug te komen.

Jan is aan het ijzeren bureau gaan zitten en draait rondjes op de bureaustoel. 'Ze was superaardig. Maar meer ga ik niet over haar vertellen. Jij kent haar toch niet, dus je vindt het ook niet erg dat ze dood is. Ik vind het wel erg.'

'Sorry,' zegt Isa.

'Sorry? Het is toch niet jóuw schuld dat ze dood is?' Hij laat de bureaustoel nu nog harder ronddraaien. Zijn haar wappert voor zijn gezicht.

'Nou ja, sorry dat ik niet doorhad dat jij het heel erg vindt. Ik dacht dat het gewoon een oude buurvrouw was.'

'En denk je dat het minder zielig is als iemand oud is en dan doodgaat?'

'Nou ja,' stamelt Isa, 'uiteindelijk gaat iedereen dood, dus het is beter dat je dat doet wanneer je heel oud bent. Dan vinden mensen het minder erg, omdat het natuurlijk is dat je dan doodgaat.'

'Wat een onzin.' Hij heeft zijn voet tegen de rand van het bureau gezet en is gestopt met draaien. 'Jij hebt echt geen idee waar je het over hebt. Hoe oud ben je eigenlijk?'

'Ja, dat ga ik jóú vertellen.'

'Ik gok dat je nog lang geen zestien bent.'

'Goed gegokt,' zegt Isa. Zelf is hij trouwens ook geen zestien, denkt ze, al ziet ze ook wel dat hij een paar jaar ouder is dan zij.

'En als je zestien wordt, ga je natuurlijk zo'n *sweet sixteen party* geven met al je vriendinnetjes en met zo'n gekke baljurk aan. Zo'n meisje ben jij wel.'

'Hoe weet jij nou wat voor meisje ik ben? Je kent me nog maar een paar uur. Misschien ben ik wel een rockchick en heb ik alleen vandaag mijn nette begrafenisjurk aan.' Ze heeft haar armen in haar zij gezet en kijkt hem boos aan. Wat denkt die jongen wel? Hij is nu officieel de onaardigste jongen van het westelijk halfrond.

'Blablabla.' Jan laat zijn hoofd naar achteren hangen en beweegt zijn vingers alsof hij twee poppenkastpoppen laat spreken.

'Weet je dat jij echt heel onbeleefd bent?' Isa heeft zin om iets naar zijn hoofd te gooien.

'Ah, gossie, nee, dat heeft nog nooit iemand gezegd. Goed dat je me erop wijst.'

Al zou hij de allerlaatste jongen op de wereld zijn, al zou ze de rest van haar leven met hem op een onbewoond eiland moeten zitten, dan nog zou ze hem nooit meer willen aankijken. Ze snapt opeens ook niet meer wat ze zo mooi aan hem heeft gevonden. Toen ze hem voor het eerst zag, had ze haar ogen niet van hem kunnen afhouden en nu zou ze hem wel op zijn neus willen stompen. 'Ik denk dat ik weer terugga,' zegt ze.

'Nee, niet gelijk weggaan. Ik wil je nog wat laten zien.'

Isa staat op en loopt naar de deur. Weg uit dit rare huis waar alleen maar dode mensen wonen.

Jan loopt achter haar aan en legt zijn hand op haar schouder. 'Wacht even.'

Isa schrikt, want op het moment dat hij haar aanraakt, voelt ze een elektrisch schokje. Ze ziet dat hij ook schrikt van de schok. Dan zegt hij bijna fluisterend: 'Ik moet je echt iets heel belangrijks laten zien. Maar je moet me beloven dat je het geheimhoudt. Wacht, dan ga ik het halen.'

Terwijl hij naar de hal loopt, gaat Isa op een grote zwartleren stoel zitten. Naast de stoel staat een tafeltje vol met zilveren fotolijstjes. Ze bekijkt ze aandachtig. Ze ziet een foto van de man die ze op het schilderij in de hal heeft zien staan. Naast hem staat een kleine vrouw in een witte jurk en met een grote hoed op. Op een andere foto ziet ze dezelfde vrouw, in een badpak, liggend in het gras. Op weer een andere ziet ze Jan, zittend op het stoepje voor het huis. Dan ziet ze opeens een foto van zichzelf. Van verbazing valt ze bijna uit haar stoel. Hoe komt die hier? Ze kan zich nog heel goed herinneren waar die gemaakt is. Ze was een jaar of zes en was met haar ouders en hun vrienden gaan zeilen. Ze had net haar eerste zwemles gehad en midden op de plas was ze uit de boot gesprongen om te laten zien hoe goed ze kon zwemmen. Haar moeder was gelijk achter haar aan gedoken en had haar met één arm terug in de boot geduwd. Toen Isa's vader later die dag een foto van haar had gemaakt, had ze haar armen uitgestrekt alsof ze een onzichtbaar zwemdiploma voor zich hield. En nu staat ze daar in een zilveren lijstje op de tafel van een onbekende dode vrouw. Ze kijkt nog een keer goed om te zien of ze zich niet heeft vergist, maar ze is het echt. Ze herkent zelfs het gifgroene badpak met de witte strikjes dat ze toen zo mooi vond.

Nog voor ze over haar verbazing heen is, is Jan alweer terug. 'Kijk.' Hij houdt een ouderwetse goudkleurige fotolijst voor haar op.

'Is dat je buurvrouw toen ze jong was?'

Hij schudt zijn hoofd. 'Kijk maar goed.'

Ze staart naar het plaatje. Het is een verkleurde foto van een jongen die zijn armen om een meisje heeft geslagen dat voor hem staat. Het meisje heeft haar hoofd voorovergebogen waardoor haar haren naar voren vallen en Isa haar gezicht niet goed kan zien. Ze ziet wel dat het meisje moet lachen. De jongen kijkt recht de camera in en lacht ook. Hij heeft rood haar en een gezicht vol sproeten. Isa kent niemand die er zo uitziet en ook het meisje herkent ze niet. Aan de kleren te zien is het best al een oude foto. Ze kijkt naar Jan, die haar afwachtend aankijkt. 'Moet ik raden?' vraagt Isa.

'Nee. Ik zal het zeggen. Die man op de foto is mijn vader.'

'En dat meisje?'

'Dat meisje, dat is jouw moeder.'

🌸 Izzy LOVE

test

Deze test heb ik al een tijd geleden verzonnen. Ik heb hem gemaakt toen ik mijn ouders een keer vroeg of ik met mijn beste vriend Jules en mijn twee vriendinnen, Cato en Sofie, mocht kamperen. Mijn vader vroeg toen aan mijn moeder: '*What do you think?*' Toen hij doorkreeg dat ik ook Engels versta (ik zei: duh! – terwijl ik, serieus, nooit duh zeg, maar toen wel), ging hij Duits praten. Sommige woorden begreep ik wel, maar er zaten ook heel rare woorden tussen. Mijn moeder, die ook Duits bleek te kunnen praten, vond mij nog '*ein bischen jung*'. Te jong dus om te gaan kamperen. Maar oud genoeg om daarna deze test op mijn website te zetten, waarmee je kunt bepalen of je ouders aliens zijn. De mijne zijn denk ik half alien, half mens.

Zijn je ouders aliens?

Heb je je wel eens afgevraagd waarom je ouders soms zo vreemd doen? Misschien komen ze echt van een andere planeet. Voor elke vraag die je met ja kunt beantwoorden, krijg je één punt.

1. Ze vertellen grappen die gewone mensen niet begrijpen.
2. Ze eten wel eens een Mars.

3. Ze wijzen je vaak op de volle maan of op een mooie sterrenhemel.
4. Ze dragen gekke ouderwetse kleren.
5. Ze flippen als je veel te laat thuiskomt.
6. Ze spreken met gemak een andere taal.
7. Ze rijden auto/fiets alsof er geen andere weggebruikers in de buurt zijn.
8. Ze kunnen slecht tegen extreme kou of extreme hitte.
9. Ze kijken bijna elke avond televisie.
10. Ze hebben nog nooit van Justin Bieber gehoord.
11. Ze vinden dat jij te veel achter de computer zit.
12. Ze peuteren graag met een stokje tussen hun tanden.
13. Ze kijken je soms aan alsof niet zij van een andere planeet komen, maar jij.

Heb je minder dan vijf keer ja geantwoord, dan zijn je ouders mens. Heb je meer dan vijf vragen met ja beantwoord, dan zijn je ouders inderdaad half alien, half mens. Heb je tien of meer vragen met ja beantwoord, dan komen ze uit een andere wereld of een andere dimensie. Wees extra aardig tegen ze en probeer ze uit te leggen hoe de wereld – en vooral jouw wereld – eruitziet.

3

'Hebben jullie het nieuws al gehoord?' vraagt Isa's vader wanneer Isa en haar moeder laat in de middag thuiskomen. In de trein terug heeft Isa niets verteld over de rare foto's die ze heeft gezien. Ze wil haar moeder graag vragen hoe het kan dat die foto's daar stonden en wie de vader van Jan is, maar ze wil het juiste moment afwachten. En dat is niet in een overvolle trein.

'Laat het goed nieuws zijn,' zegt Isa's moeder. 'Ik heb bonkende hoofdpijn. Zo'n begrafenis is geen pretje.'

'Het is goed nieuws voor Isa, maar slecht nieuws voor ons.' Isa's vader kijkt ernstig.

'De scholen gaan staken!' Max, Isa's jongere broertje, schreeuwt het uit en springt op en neer van plezier. 'Nooit meer school, nooit meer school, hihaaaaaa!'

'Is dat waar?' Isa kijkt haar vader vragend aan.

'Het is echt waar,' zegt hij. 'Ik hoorde het net op het nieuws. De salarisonderhandelingen van de afgelopen weken zijn op niks uitgelopen en alle docenten leggen vanaf maandag het werk neer.'

'En hoe lang gaat die grap duren?' vraagt Isa's moeder.

'Ze hebben geen idee. In ieder geval een week.'

Yesssss, denkt Isa. Niet naar school, niet naar school, zingt een achtergrondkoor in haar hoofd. Dit is ZTFN – Zonder Twijfel Fantastisch Nieuws.

'Ben jij thuis deze week?' vraagt haar moeder aan haar vader.

'Nee, dat is het slechte nieuws voor ons. Ik heb deze hele week een klus buiten de deur.'

'Kunnen Isa en Max niet naar je ouders?' Haar moeder wrijft met haar vingertoppen over haar slapen.

'Die heb ik al gebeld, maar die staan op het punt om op reis te gaan.'

'Ik kan wel alleen thuisblijven, hoor.' Isa kijkt haar ouders op haar allerliefst aan.

'Ik ook,' zegt Max.

Isa's moeder streelt met haar hand over Max' hoofd. 'Nee liefje, daar ben je echt te jong voor. Maar misschien kun jij bij een vriendje logeren.'

'Weet je wat,' zegt Isa's vader, 'we gaan eerst eten en dan gaan we daarna wel een oplossing zoeken. Ik heb heerlijke pasta met verse pesto gemaakt. Max, dek jij even de tafel in de tuin?'

'Dan ga ik me even omkleden.' Isa's moeder haalt de haarspelden uit haar opgestoken haar en schudt het los. 'Misschien ga ik eerst nog even douchen.'

Isa pakt haar laptop en gaat op het bankje achter in de tuin zitten. De komende week wordt de leukste week uit haar leven. Ze hoeft alleen nog even al haar vrienden uit te nodigen om elke dag naar het zwembad te gaan.

No more school. Wie gaat er mee zwemmen maandag?

Zodra ze het bericht op haar vriendenpagina heeft gezet, krijgt ze al persoonlijk antwoord van Jules. 'Zet je MSN even aan,' schrijft hij.

Jules zegt:
Ik wil wel zwemmen, maar ik zit bij mijn moeder deze week.

**

IzzyLove – NO MORE SCHOOL zegt:
Kan ik niet komen logeren?

**

Jules zegt:
Ik zal het vragen, leuk!

Jules is haar beste vriend. Door de week woont hij ver weg bij zijn moeder, die Isa nog nooit heeft ontmoet, en in het weekend is hij meestal bij zijn vader, die gelukkig wel in de buurt woont. Haar vriendinnen denken dat Jules stiekem verliefd op haar is, maar zelf kan ze zich dat niet voorstellen. Jules is de enige jongen met wie ze over belangrijke dingen kan praten. Hij vindt nooit iets gek en heeft altijd heel goede tips als Isa een probleem heeft.

IzzyLove – NO MORE SCHOOL zegt:
Ik heb vandaag iets heel weirds meegemaakt.

**

Jules zegt:
Vertel!!

**

IzzyLove – NO MORE SCHOOL zegt:
Ik was op een begrafenis van een oude buurvrouw
van mijn moeder, en in het huis van die vrouw, die
ik dus niet ken, stond een foto van mij. Hoe weird is
dat????!!

**

Jules zegt:
Dat is inderdaad best wel scary!

IzzyLove – NO MORE SCHOOL zegt:
Serieus... Ik had nog nooit van die vrouw gehoord.

**

Jules zegt:
Ik heb ook een foto van jou en jij hebt ook nog nooit van mij
gehoord. Ik heb zelfs een deur- en een muurposter van jou
hier hangen. Ik heb ook een beker en een dekbedhoes met je
foto erop en een T-shirt waarop staat: Izzy is de beste. En ik
heb dus echt geen idee wie you bent. Wie ben you eigenlijk?
Waarom schrijf you mij?

**

IzzyLove – NO MORE SCHOOL zegt:
HH

**

Jules zegt:
Maar als jouw moeder haar kent, is het toch niet raar dat ze een foto van jou heeft? De buurvrouwen van mijn moeder hebben overal foto's van mij staan. Naaktfoto's ☺.

**

IzzyLove – NO MORE SCHOOL zegt:
Je bent gek :).

'We gaan eten, liefje,' zegt Isa's moeder, die in een witte zomerjurk en met natte haren de tuin in is gekomen.

'Doe je je laptop even weg?' vraagt haar vader, terwijl hij een pan pasta op de tuintafel zet.

Isa klapt het deksel van haar computer dicht en legt hem onder de bank.

'Maar vertel, meisjes,' zegt Isa's vader, 'hoe was de begrafenis?'

'Zoals begrafenissen zijn. Altijd een beetje verdrietig en met veel toespraken van neven en nichten. En dat dorp, het was zo gek om daar weer terug te zijn na al die jaren. Het is nog precies hetzelfde met al die villaatjes in het groen en dat naargeestige stationnetje. Ik ben zo blij dat ik hier woon, met jullie.'

'En Vera?'

'Ja, die was er ook. Haar zoon is beeldschoon geworden.'

Isa verslikt zich bijna in haar eten. Hoe kan het dat haar vader die Vera en Jan óók al kent?

'Is Vera het meisje met wie je in de tuin van mevrouw Meneer in de boomhut speelde?' vraagt Isa aan haar moeder.

'Ja, dat was zij. We hadden ontzettend veel plezier vroeger, maar toen ik naar de stad verhuisde, zijn we elkaar uit het oog verloren. Ik had haar al honderd jaar niet meer gezien.'

'En Jan?'

'Die heb ik alleen als peuter op een foto gezien. Toen hij geboren werd, bestonden jullie nog niet eens.'

Isa kijkt naar haar moeder. Ze wil heel graag vragen of zij weet wie de vader van Jan is en hoe het kan dat hij samen met haar moeder op een foto staat.

'Hij heeft prachtig zwart haar,' zegt haar moeder. 'Maar van wie hij dat heeft?'

'Van zijn vader waarschijnlijk.' Isa flapt het eruit voor ze er erg in heeft. Snel kijkt ze naar haar bord, bang dat haar moeder iets aan haar merkt.

'Waarschijnlijk.' Isa's moeder zegt het bijna gedachteloos, alsof ze echt geen benul heeft wie de vader van Jan is.

'Ik heb trouwens een idee,' zegt Isa's vader, die het gesprek onderbreekt. Hij schenkt nog een glas wijn in en kijkt naar de lucht, die ook hier steeds donkerder wordt. 'Als we nou een pool van ouders maken. Dan zijn de kinderen met een groepje vrienden elke dag bij een van de ouders. Dan hoeft iedereen maar één dag vrij te nemen. Wie weet hoe lang die gekke schoolstaking nog gaat duren.'

'Pap, ik kan echt heel goed alleen thuisblijven.' Isa moet er niet aan denken dat haar ouders iets organiseren met de ouders van haar vrienden. En nog erger, dat ze de ouders van Max' vriendjes inschakelen. Straks wordt ze elke ochtend opgehaald door een busje en zit ze de hele dag met lego te spelen in een kamer met 'de bacteriën', zoals ze de vriendjes van haar broertje noemt.

'Misschien heb je wel gelijk,' zegt Isa's moeder. 'Je bent ook al zo groot. Ik vergeet nog wel eens dat je geen baby meer bent.' Ze slaat haar arm om haar dochter en geeft haar een zoen. 'Dank je wel dat je vandaag mee wilde naar die begrafenis. Ik vond het heel fijn dat je er was.'

Op dat moment valt er een dikke regendruppel op Isa's bord. De donkere wolken uit het dorp hebben nu ook de stad bereikt.

'Dat ziet er onheilspellend uit,' zegt haar vader.

'Kom op, jongens, snel naar binnen.' Isa's moeder pakt een paar borden en rent naar binnen.

'Isa, neem jij de pan mee?' Haar vader heeft de glazen onder zijn arm genomen en rent over het gras naar binnen.

Nog voor ze bij de tuindeuren is, klettert de regen naar beneden. Het water stroomt over Isa's gezicht. Na die paar meter rennen van de tafel naar de woonkamer is ze al door en door nat.

'Moet je toch eens zien,' zegt haar moeder, die voor de open tuindeuren staat en naar buiten kijkt. 'Het lijkt wel een tropische regenbui. Wat een dag is dit.'

Isa kijkt naar het plasje water dat rondom haar voeten ontstaat. Ze trekt aan haar T-shirt, dat als een badpak aan haar buik plakt.

Haar moeder legt haar hand op Isa's natte haar. 'Ach schat, wat ben je nat. Ga snel even douchen.' Haar moeder kijkt haar aan en voor het eerst die dag ziet Isa een traan over haar wang rollen.

'Mam, je huilt.'

'Ik moest opeens denken aan Vera en mijn oude buurvrouw en wat een gekke middag het was.'

'Zo gek was het toch niet?'

'Nee, voor jou niet, maar voor mij wel. Er is in dat dorp vroeger meer gebeurd dan ik je nu kan vertellen. Maar kom, naar boven jij. Had ik al gezegd dat ik je zo lief vind?'

Wanneer Isa even later onder de warme douche staat, neemt ze een besluit. Ze gaat de komende week helemaal niet naar het zwembad, en ook niet logeren bij Jules. Ze gaat uitzoeken wie de man is die met haar moeder op de foto staat. Als haar ouders overdag toch weg zijn, kan ze komende week een keer stiekem naar het oude dorp van haar moeder. Wie weet hoeveel foto's er nog van haar moeder met die roodharige man bij mevrouw Meneer thuis staan. Ze weet waar de sleutel ligt. Ze moet alleen oppassen dat Vera en Jan haar niet zien. Een vermomming, denkt ze. Ik hoef alleen maar een baard en een snor op te plakken. Ze moet lachen bij die gedachte. En niet vergeten, denkt ze, terwijl ze zich afdroogt, om morgen Jules te mailen dat ze toch niet bij hem kan logeren. Vanaf nu is ze privédetective Isabella Strombolov – voor al uw geheime zaakjes.

test

Ik heb – samen met mijn vriendinnen – twee tests gemaakt. Een voor jongens (Ben jij een player of een prins?) en een voor meisjes (Ben jij koel of hot?). Vul je quiz in en je weet hoe jij je gedraagt op het liefdespad.

Ben jij koel of hot?

1. De leukste jongen van de school heeft een oogje op je (zeggen je vriendinnen). Wat doe je?
   a. Niets. Je hoopt dat hij je voor het eind van het school-jaar een keer aanspreekt.
   b. Je probeert je fiets elke keer naast de zijne in het fietsenrek te zetten.
   c. Je spreekt hem aan op de gang en vraagt zijn telefoon-nummer. Een uur later sms je hem: 'Afspreken?'
   d. Je botst per ongeluk expres tegen hem op in de gang, laat je tas met boeken vallen en maakt een praatje met hem.

2. Je vriendin probeert je te koppelen aan een jongen die je al heel lang heel leuk vindt. Wat doe je?

a. Je zegt dat ze zich niet met jouw liefdesleven moet bemoeien.

b. Je wacht tot ze een afspraakje heeft geregeld.

c. Je gaat op een *double date*, draagt je hoogste hakken en je kortste rok en zegt aan het eind van het afspraakje dat je wel verkering met hem wil.

d. Je mailt hem dat je vriendin probeert om jullie twee te koppelen en vraagt of hij alsjeblieft met jou wil afspreken zonder iets te zeggen tegen je vriendin.

3. De beste vriend van je broer/neef/buurjongen is verliefd op je. Om je aandacht te trekken komt hij elke dag bij jou thuis en geeft je cadeaus. Hij stuurt je elke avond een sms'je en hij vertelt tegen iedereen dat jullie iets met elkaar hebben. Hoe kom je van hem af?

a. Je negeert hem zoveel mogelijk.

b. Je doet extra bot tegen hem in de hoop dat het dan vanzelf ophoudt.

c. Je vertelt hem recht in zijn gezicht dat als hij je nu niet met rust laat, je de politie om een straatverbod vraagt.

d. Je vraagt je broer/neef/buurjongen of hij aan zijn vriend wil doorgeven dat je echt niet verliefd op hem bent. Als het stalken daarna niet minder wordt, schakel je een advocaat in.

4. Er zit een nieuwe jongen in de klas. Alle meisjes zijn verliefd op hem. Jij ook. Wat nu?

a. Je doet niets. Je maakt toch geen kans bij hem.

b. Je vertelt alle meisjes dat je ook verliefd op hem bent, maar tegen hem zeg je niks.
c. Je trekt je niks van die andere meisjes aan en stopt een briefje met de tekst: 'Wil je verkering met me?' in zijn jaszak.
d. Je verzint een plan om meer aandacht te krijgen dan je 'concurrentes'. Je zoekt uit waar hij woont en fietst elke middag mee zijn kant op. Als hij vraagt of je in de buurt woont, zeg je dat je vaak op bezoek gaat bij een tante die – toevallig – bij hem om de hoek woont.

Kijk hoeveel keer je A, B, C en D hebt ingevuld.
Vooral A's: Je bent niet cool, maar koel. Of je bent gewoon heel erg verlegen. Probeer daar wat aan te doen. Jongens zijn wel eng, maar niet zo eng als jij denkt.

Vooral B's: Je bent vaak verliefd, maar houdt het vooral bij dagdromen. Kijk hoe andere meisjes dat doen en laat iets vaker van je horen. Jongens vinden het echt niet gek als je laat merken dat je ze aardig vindt.

Vooral C's: Wooooo! Jij weet wat je wil en stapt recht op je doel af. Misschien moet je iets subtieler te werk gaan.

Vooral D's: Je bent hot, en ook cool. Je bent niet bang om de jongen van je dromen aan te spreken en je bent ook nog een slimme versierder. Anderen kunnen vast nog veel van je leren.

Heb je van alles wat? (A en B en C en D?) Dan weet ik niet wat je bent, sorry.

De test voor jongens verschijnt binnenkort op mijn website. Jongens die daar niet op willen wachten, kunnen me pakken Oreo's sturen om me om te kopen het eerder bekend te maken.

4

Isa is als eerste wakker. De zon schijnt door de balkondeu-
ren van haar kamer naar binnen. Heel zachtjes loopt ze de
trap af. Zonder geluid te maken opent ze de grote, zwarte
houten kast die in de achterkamer staat en haalt het foto-
boek van haar moeder eruit. Het is gek dat er maar zo weinig foto's van haar moeder van vroeger zijn, maar volgens
Isa's moeder heeft haar tante, die in Amerika woont, de
meeste fotoboeken meegenomen nadat Isa's grootouders
waren overleden.

De meeste foto's heeft ze al heel vaak gezien. Het zijn klassenfoto's, vakantiekiekjes en een paar pasfoto's van haar
moeder samen met vier vriendinnen in één hokje. Isa ziet
nu ook een foto van het huis waar haar moeder vroeger
woonde. Gek genoeg is haar dat nooit eerder opgevallen.
Haar moeder staat in de tuin met een tuinslang in haar handen en achter haar rent iemand in een zwembroek heel hard
weg. De foto is een beetje bewogen waardoor je niet goed
kunt zien hoe de jongen in de zwembroek eruitziet, maar wat
Isa wel ziet, is dat hij rood haar heeft.

'Wat doe jij zo vroeg op?' Isa heeft haar moeder niet naar
beneden horen komen. Snel slaat ze het fotoalbum dicht.

'Wat leuk dat je foto's aan het kijken bent,' zegt Isa's moeder, en ze komt naast Isa staan. 'Ik weet zeker dat er een foto van mevrouw Meneer in staat.' Ze bladert door het album. Helemaal aan het eind zitten twee bladzijden aan elkaar geplakt. 'Ik ben zo blij dat ik nooit meer foto's hoef in te plakken.' Met haar lange, roodgelakte nagel peutert ze de bladzijden los. 'Eens kijken wat hier onder zit.'

Isa herkent hem direct. Zodra haar moeder de bladzijden van elkaar heeft gepeuterd, ziet Isa zijn haar, dat net zo rood is als de nagels van haar moeder. Aan zijn onnatuurlijke houding en de gevlekte achtergrond te zien is het een schoolfoto. Hij heeft een donkergroene trui met V-hals aan en een wit blouseje eronder. Hij heeft een scheiding in zijn haar, maar het ziet eruit alsof hij die alleen voor de foto heeft. Hij heeft een vriendelijk gezicht, vindt Isa. Een wit gezicht en grote bruine ogen die een beetje verdrietig de camera in staren.

Isa wil haar moeder vragen wie hij is, maar die slaat snel de pagina om.

'Kijk,' zegt ze, 'dat zijn Vera en ik toen we net zo oud waren als jij nu. En dat is je tante, met haar been in het gips. Die was met haar racefiets in een sloot gereden. En, haha, dat ben ik. O, wat heb ik een monsterlijke kleren aan.'

Isa's moeder klinkt zoals 's zomers de televisie klinkt uit het huis van de buren. Een soort zoemend geluid met af en toe een lach erdoor. Ze hoort niet echt wat ze zegt, want opnieuw ziet ze een foto van de jongen met het rode haar. Ze ziet dat hij precies dezelfde soort ogen heeft als Jan. Een andere kleur, maar met dezelfde lange donkere wimpers.

'Mam, wie is dat?' De vraag komt er luider uit dan ze bedoeld had.

'Dat is Willem.' Haar moeder strijkt met haar wijsvinger over de foto.

'En wie is Willem?'

'Een jongen uit het dorp. Een paar jaar ouder dan ik. Hij woonde een tijdje bij mevrouw Meneer in huis. Ik geloof dat hij geadopteerd was door haar zus, maar dat weet ik niet meer zeker. In ieder geval woonde hij een tijdje bij haar in huis, en Vera en ik woonden allebei aan een andere kant van hun huis. Het was een heel aardige jongen, maar wel een beetje onbetrouwbaar.'

Zo makkelijk is het dus om privédetective te zijn, denkt Isa. Je hoeft alleen maar de juiste vragen te stellen. 'Was hij ook op de begrafenis?'

'Nee. Hij is al heel lang geleden overleden.'

'Oók al?'

'Wat bedoel je met "oók al"?' Haar moeder kijkt haar met opgetrokken wenkbrauwen aan.

'Nou ja,' zegt Isa, 'het lijkt wel alsof iedereen in jouw oude dorp doodgaat. Opa en oma, meneer en mevrouw Meneer, en nu ook híj nog.'

'Waarom denk je dat ik daar weg ben gegaan? Het is veel te gevaarlijk om daar te wonen.' Isa's moeder kijkt haar dochter lachend aan en slaat het fotoalbum dicht. 'Kom, dan ga ik lekker een ontbijtje voor ons maken. Gebakken eieren of gebakken bloedworst?'

'Mmm, jammie, doe maar bloedworst.'

'Hoe heette hij eigenlijk verder, die Willem?' Isa zit aan de keukentafel en kijkt naar haar moeder die in haar ondergoed en op blote voeten roereieren bakt.

'Gadver,' zegt haar moeder.

'Wat een grappige naam.'

'Wat is een grappige naam?' vraagt haar moeder, terwijl ze de eieren vanuit de pan in de vuilnisbak gooit.

'Ik vroeg hoe die Willem verder heette en toen zei je "gadver".'

Haar moeder glimlacht. 'Je lijkt je vader wel met je gekke gevoel voor humor.' Ze doet de koelkastdeur open en zucht. 'Die eieren zijn echt gadver. Ik dacht dat ze onbeperkt houdbaar waren. Ik ben bang dat het toch bloedworst wordt, schat.'

'Maar hoe heette die Willem nou?'

'Willem.'

'Nee, even serieus.'

'Koek.'

'Ik had het kunnen weten.'

Isa's moeder draait zich om en kijkt haar dochter vragend aan. 'Hoe wist je dat hij zo heette?'

'Omdat iedereen in dat dorp van jou belachelijke namen heeft.'

'Zo, zijn mijn meisjes al wakker?' Isa's vader is de keuken in gelopen en slaat zijn armen om zijn dochter. 'Geef je lievelingsvader eens een zoen.'

'Je prikt,' roept Isa, en ze duwt haar vader van zich af.

'En wat staat hier voor lekker stuk in de keuken?' Haar vader heeft zijn armen nu om haar moeder geslagen en zoent haar in haar nek.

Gadver, denkt Isa, zoenende ouders. Ze staat op om haar laptop te pakken. Isabella Strombolov de privédetective heeft een belangrijke taak voor de boeg.

'Mam, heb jij mijn laptop gezien?' Isa heeft al overal in de woonkamer gekeken en is haar slaapkamer al drie keer rondgelopen.

'Wat zeg je, lieverd?' Isa hoort haar moeder beneden vanuit de keuken schreeuwen.

'Of je weet waar mijn computer is?'

'In de tuin,' klinkt een gekke stem vanuit een kartonnen doos in de gang.

Ze doet de bovenkant van de doos open en ziet haar broertje zitten. 'Hoezo in de tuin?'

'Die heb je daar gisteravond laten liggen, pff. Ik zag 'm vanochtend nog buiten.' Max buigt zich voorover en trekt de bovenkant van de doos weer over zich heen. 'Niet zeggen dat ik hier zit, hoor. Ik zit in een tijdmachine. Ik ben op weg naar de toekomst.'

'Waarom heb je gisteravond niet gezegd dat mijn laptop daar nog lag?' Isa heeft zin om heel hard tegen de doos te schoppen.

'Heeft je computer geen beschermend schild dan?' Max steekt zijn hoofd uit de doos. Hij heeft een skimuts en een skibril op.

'Nee,' zegt Isa. 'Computers hebben geen beschermend schild.

Heel gek is dat. En ze kunnen niet tegen regen en tegen de hele nacht buiten liggen.'

Met twee treden tegelijk rent ze de trap af, de tuin in.

'Please, please, please,' zegt ze zachtjes tegen zichzelf wanneer ze aan de keukentafel het deksel van haar laptop openklapt en wacht tot hij is gestart. Haar computer zegt *briejoep, briejoep* en het lijkt een eeuwigheid te duren, maar dan verschijnt haar bureaublad. Het is een foto van haar en haar vriendinnen, gemaakt op haar balkon een paar weken geleden.

Ze klikt op het icoontje van de zoekmachine. Heel snel draait er een gekleurd cirkeltje rond op haar scherm en dan opeens is het scherm zwart.

'Neeeeeeeee!!!'

'Izzy, wat is er?' Haar moeder is naast haar komen staan en buigt zich over Isa, die met haar hoofd op het toetsenbord ligt en hard met haar vuisten op tafel bonkt.

'Ik heb mijn computer vannacht buiten laten liggen, en nu zegt-ie alleen nog *briejoep*.'

'En als je nou eerst de oplader erin steekt?'

Ze pakt de oplader en wacht opnieuw tot haar computertje ratelend opstart. Ze opent haar mail en de zoekmachine en deze keer lijkt alles het te doen. Ze kan haar moeder wel zoenen, en haar computertje ook.

Snel typt ze de naam in van Jan Koek, maar de zoekmachine kan niets vinden. Dan maar Willem Koek. Op het scherm staat 'illem Koek'. Opnieuw typt ze zijn naam in, maar wat er ook gebeurt, elke keer staat er weer 'illem Koek'.

'Kom je eten, Izzy?' roept haar moeder vanuit de keuken.

Isa sluit haar computer en haalt diep adem. Een privé-detective laat de moed nooit zakken. Ook niet als de letter w op het toetsenbord het niet meer doet.

liefdesverhalen

Ik verzamel beroemde liefdesverhalen. Verhalen die
ik op school heb gehoord of in een boek heb gelezen.
Soms zoek ik ze op het internet op en bijna altijd moet
ik ze opnieu opschrijven, omdat de meeste schrijvers van
liefdesverhalen het leuk vinden om superingeikkelde
oorden en zinnen te gebruiken (de eerste letter van het
oord 'oensdag' doet het niet meer). Dit verhaal heb ik
zelf op rijm gezet. Dat deed ik toen de letter 'dinges'
het nog el deed.

Pyramus en Thisbe

Het verhaal van Pyramus en Thisbe komt uit de Griekse
mythologie en gaat over de onmogelijke liefde tussen
een jongen en een meisje in het oude Babylon (dat
was heel lang geleden de grootste stad ter wereld,
80 kilometer onder waar nu Bagdad ligt in Irak).
En net als alle liefdesverhalen uit die tijd gaat aan
het einde iedereen dood. Ik vond het leuk om alle
zinnen te laten rijmen, maar dat kon alleen als ik

'Pyramus' veranderde in 'Pyramé' (want daar rijmt lekker veel op).
In de grote stad Babylon, heel lang gelee,
woonden eens Thisbe en Pyramé.
Ze waren elke dag samen en dat was ook niet raar,
want ze woonden al een leven lang gezellig naast elkaar.
Wat de ouders van Thisbe deden, ben ik vergeten,
maar Pyramés vader was visboer, en hij was knap als de neten (Pyramé, niet zijn vader).
Thisbe was een stoer meisje en lekker eigentijds,
dus vroeg ze op een dag Pyramé verkering en de liefde was gelukkig wederzijds.
Jammer alleen dat haar vader hun omgang verbood.
'Mijn dochter met de zoon van de visboer, dat wordt nog eens mijn dood.'
Hij sloeg met zijn vuist op tafel en sprak stevige taal.
(Het enige minpuntje in dit liefdesverhaal).
Ook haar moeder vond het een heel slecht idee,
dat haar dochter het met de zoon van de visboer dee.
Thisbe sloot zich op in haar kamer, stampend van woede en geheel overstuur,
en ontdekte toen plots een scheur in de muur.
Ze sprak over liefde en zei: 'Weet hoe ik naar je verlang.'
En gelukkig hoorde Pyramé dat aan de andere kant dwars door het behang.

En zo spraken ze elke avond zonder dat hun ouders
het wisten,
over hoezeer ze van elkaar hielden en hoe vreselijk ze
elkaar misten.
En op een dag werd Pyramé gek van verlangen,
hij wilde haar vasthouden en hij wilde haar vangen,
hij wilde haar strelen en hij wilde haar kussen,
maar wat hij ook wilde, die rotmuur stond daartussen.
'Ik wil jou ook graag beminnen,' sprak Thisbe, en ze
zuchtte.
'Dan is er maar één oplossing,' sprak Pyramé, 'dan
moeten we vluchten.'
Het is mooi geweest met deze muur van stenen,
vannacht,' sprak hij ferm, 'nemen we samen de benen.'
Onder de moerbeiboom met zijn witte bessen
zouden ze elkaar treffen om zes uur na zessen.
Dus Thisbe, die dapper was en zeker niet bang,
sloop rond middernacht op haar slofjes door de gang.
En kwam bij het veldje aan de oever van de rivier,
maar daar aangekomen was haar geliefde niet daar
(en ook niet hier).
Ze tuurde in de verte en keek om zich heen,
maar waar ze ook keek, ze was echt heel alleen.
Na enige minuten zag ze iets bewegen aan het water,
een leeuwachtig roofdier, een heel grote kater.
Zo snel als ze kon, rende het arme meisje weg

en verloor daarbij haar hoofddoek en dat was – zo bleek
later – nogal pech.
Want de kater, die een leeuwin bleek, nam met haar
bebloede bek een hapje
van de hijaab van Thisbe, want op haar hoofd droeg zij
een lapje.
En terwijl Thisbe zich verborgen hield in een schuur met
een dakje,
kwam Pyramé aanslenteren op zijn gemakje.
Hij herkende de pootafdruk van de leeuwin
en zag daarna de bebloede sluier van zijn vriendin.
Hij greep zich vast aan de boom en begreep meteen wat
er was gebeurd,
zijn enige liefde was door een wild beest verscheurd.
Zijn hart lag in duigen en hij werd gek van verdriet,
zo verder leven, dat kon Pyramé niet.
Daarom nam hij zijn eigen zwaard stevig in zijn armen
en stak dat zonder te twijfelen recht in zijn darmen.
Hij viel op de grond, het bloed spoot omhoog,
en spatte op de moerbei met een heel grote boog.
Zelfs de wortels van de boom werden helemaal nat
van het laatste restje bloed dat in zijn aderen zat.

Toen Thisbe wat later uit haar schuur weer verscheen,
was ze nog steeds een beetje bang en nog altijd alleen.
Ze liep naar de boom en schrok zich een hoedje,

want daar lag haar liefje in een rode plas bloedje.
Ze huilde en huilde, tranen met tuiten,
want naar een toekomst met Pyramé kon ze wel fluiten.
Ze pakte zijn zwaard en begon te trillen en te beven,
en maakte toen ook een eind aan haar leven.
En hoewel dit het slot was, want beiden waren dood,
was de moerbeiboom vanaf die dag als blijk van liefde
altijd rood.

5

'Weet je zeker dat je de hele dag alleen thuis kunt blijven?' vraagt Isa's moeder op maandagochtend.

'Natuurlijk. Ik ga lekker de hele dag achter jouw computer zitten en stukjes voor mijn website schrijven. En misschien dat ik vanmiddag nog even tv ga kijken.' Ze kijkt haar moeder op haar allerliefst aan.

'Wat ben ik toch blij met zo'n grote, verstandige dochter. En als je iets lekkers wil kopen, er ligt geld in de keukenla.'

Isa geeft haar moeder een zoen. 'Ga nou maar, mam, ik red me wel.'

'Zo,' zegt de vrouw die tegenover Isa in de trein zit, 'waar gaat de reis naartoe?' De vrouw is ongeveer zo oud als Isa's moeder. Ze heeft een paarse jurk aan met spaghettibandjes en ze leest een boek van de bibliotheek. *Ik mis alleen de* HEMA, staat er op het omslag. Wat een gekke titel, denkt Isa. Als er nou iets is wat ze nooit zou missen, dan is het de HEMA. Je mist je vriendinnen en je vriendje, als je die had, maar toch niet een winkel? Ze denkt aan het vriendje dat ze vorig jaar nog had, Tristan. Hij was haar allereerste liefde. Nog nooit in haar leven is ze zo verliefd geweest als toen. Duizend miljoen tranen heeft ze gehuild toen hij vertelde dat hij met zijn moeder naar Spanje ging verhuizen. Ze hebben daarna nog een tijdje gemaild, maar nu heeft ze al maanden niets meer van Tristan gehoord. Alles gaat voorbij, zegt haar vader altijd, maar Isa weet dat haar liefde voor Tristan nooit voorbijgaat. Hij zal altijd een bijzonder plekje in haar hart houden. Ze kan zich zelfs niet voorstellen dat ze ooit een jongen leuker zal vinden dan hem.

'Hoef je niet naar school?' vraagt de vrouw met de paarse spaghettibandjes. Ze heeft haar boek dichtgeslagen en op de stoel naast haar gelegd.

'Nee, de leraren staken.'

'Wat leuk!'

Het is de eerste keer dat Isa een volwassene hoort zeggen dat het leuk is dat de scholen dicht zijn.

'En dan heb je ook nog geluk met dat mooie weer.' De vrouw kijkt haar glimlachend aan. 'En waar ga je vandaag naartoe?'

'Naar mijn opa en oma,' zegt Isa. De leugen komt er makkelijk uit en voor de verandering hoeft ze niet eens te blozen.

'En hoe lang blijf je daar?'

'Zolang als de scholen dicht blijven.'

'Nou, dan hoop ik voor jou dat het nog weken duurt.'

Isa pakt haar tas en begint erin te rommelen. Ze wil dat de spaghettibandjesvrouw snel weer haar boek gaat lezen.

Thuis heeft Isa opgezocht hoe ze van het station naar de oude straat van haar moeder moet lopen. Ze heeft nog geen idee wat ze gaat doen als ze daar eenmaal is, maar bij *CSI* improviseren ze ook ter plekke, denkt Isa. Op de computer van haar ouders heeft ze vanochtend heel vroeg gezocht naar de naam Willem Koek. Ze heeft er een heleboel gevonden, maar niet een had in het dorp van haar moeder gewoond of zag eruit als de jongen op de foto. Ook de naam Jan Koek had niets opgeleverd. Er was er een op Hyves, maar die zag eruit als drieënnegentig.

Had ze niet gewoon aan haar moeder moeten vragen waarom die dode buurvrouw een foto van Isa in huis had staan? Of wat die foto van haar moeder met Willem Koek betekende? Het gekke is, denkt Isa, dat ze altijd alles aan haar moeder vraagt, maar nu is het net alsof ze iets gezien heeft wat ze niet mocht zien. Alsof er in onzichtbare letters TOP SECRET op die foto's was gestempeld. Waarschijnlijk is het niks, denkt ze. Haar moeder had vroeger natuurlijk ook vriendjes, net als zij. Dat is niets om geheimzinnig over te doen, al vertel je het misschien niet tegen je dochter.

Ze haalt het Chinese opschrijfboekje uit haar tas dat ze van haar vriendinnen heeft gekregen toen Tristan voorgoed was vertrokken. Het was bedoeld om al haar verdrietige gedachten en mooie herinneringen in op te schrijven, maar toen hij eenmaal weg was, had ze alleen maar zin gehad om hem heel erg te vergeten. Nu weet ze dat vergeten helemaal niet zo makkelijk is. Soms moet ze gewoon heel erg aan hem denken. Zoals nu.

'Het volgende station...' klinkt de stem van de conductrice door de intercom.

'O nee.' Snel stopt ze het boekje in haar tas. 'Ik moet er hier uit,' zegt ze tegen de vrouw tegenover haar.

'Veel plezier bij je opa en oma.'

'Ja, dank u wel.' Het is verbazend, denkt Isa, hoe vaak je moet liegen als je een meisje met een geheime missie bent.

Hier begint het GO, het Grote Onderzoek, denkt Isa. Ze kijkt op de stationsklok. Ze heeft nog vijf uur, wil ze op tijd weer terug zijn zonder dat haar ouders merken dat ze is weggeweest.

Biiieeeeep.

Isa schrikt van het geluid van haar telefoon.

OMG!!!!!!!!!!!!!

Er klinkt een tweede piep en ze opent een nieuw bericht. Benieuwd of haar vriendin Sofie nu iets anders te melden heeft dan *Oh My God.*

OMA!!!!!!!!!!!!!

Isa tikt terug:

OMA???

En ontvangt:

Oh My Allah....

Nog voor Isa heeft kunnen reageren, heeft ze het vólgende sms'je al weer ontvangen.

Sweetie, ik zit in Dubai in het Burj Al Arab. Dat is het duurste hotel ter wereld!!!!!! S.

Snel tikt Isa een berichtje terug:

Wat doe jij in zo'n zeshonderdsterrenhotel?

Terwijl ze op *send* drukt, verschijnt er een nieuw bericht in haar scherm.

Vernederend nieuws: mijn ouders hebben me naar een wiskundekamp gestuurd. De Vereniging Kindermishandeling heeft speciaal voor ons – kinderen van stakende scholen – een kamp van twee weken opgericht. HELP ME!!!!
K-to.

Liefie, wat erg, sms't Isa terug. Kun je niet ontsnappen of zeggen dat je liever naar een topografiekamp gaat?

This is amaaaaaaaazing. Ik mocht dus met mijn vader mee naar Dubai en nu komt Ronaldo hier het terras op lopen. OMG, OMG!!!! Soooooofietje.

Isa stuurt een bericht naar allebei haar vriendinnen om te vertellen dat ze deze week alleen thuisblijft en dat ze nu onderweg is naar een ZGO, een Zeer Geheime Opdracht.

Jaloerrrrrrrrrrs, schrijft Cato terug. Ik zit in een weiland, bij een of andere wiskundegriezel in zijn schuur en er zijn alleen maar jongens.

Cool. Alleen maar jongens. Iz.

Halloooow, dit zijn wiskundenerds, ja!!

Lieve Izzy, het is zooooooo gaaf. Ik heb een kamer met een muur die helemaal van glas is, met uitzicht op zee en er is de hele dag door een buffet en er is een bioscoop en het grootste zwembad dat ik ooit heb gezien. Ik blijf hier wonen, denk ik. So-fie. BTW, mijn beltegoed is bijna op, grrrr.

Isa is inmiddels aan het eind van de straat gekomen en op een bankje gaan zitten voor een boekwinkeltje. Haar telefoon piept zo vaak, dat ze bang is dat ze verdwaalt als ze tegelijkertijd haar sms'jes leest en de weg probeert te zoeken.

'Dat is dan de tweede keer in drie dagen dat ik je zie.'
    Ze kijkt op, recht in de ogen van Jan, die met zijn fiets naast haar staat. Snel zet ze haar telefoon op de trilstand en stopt die in haar zak. 'Hoi.'

'Ja, hoi, wat doe jij hier?'

Ze voelt zich zo rood worden als een tomaat. Haar hersens werken op volle kracht. *Ik ben hier toevallig*, denkt ze. Nee, *ik kom bloemen leggen op het graf van mijn opa en oma*. Haar gedachten gaan nu nog sneller. *Ik heb mijn portemonnee laten liggen in het huis van je dode buurvrouw. Ik was op weg naar de postzegelbeurs in Groningen en ik ben per ongeluk hier uitgestapt. Ik doe mee met een dropping en ik heb geen idee waar ik ben. Ik ben ontvoerd door aliens, maar omdat ik te lang was, ben ik de ufo uit gezet. Waar ben ik?*

'Ik wil die foto nog een keer zien van jouw vader en mijn moeder.'

'Oké.' Hij schudt met zijn hoofd een lok haar naar achteren.

Ze is verbaasd over het gemak waarmee ze het heeft gezegd. De waarheid zeggen is veel makkelijker dan een leugen vertellen. Maar het raarste is dat Jan doet alsof het heel normaal is dat ze helemaal is teruggekomen om een foto te zien.

'Ben je lopend?'

'Nee, met de trein.'

'Ik bedoel: wil je achterop?' Hij wijst op zijn bagagedrager.

Ze wil nee zeggen.

'Je bent een grappig meisje,' zegt hij, terwijl hij haar aankijkt met zijn zeegroene ogen. 'Spring maar.'

Ja, en jij bent de stomste jongen die ik ooit heb ontmoet, denkt ze, hoewel ze er niets aan kan doen dat ze nog steeds een gekke kriebel in haar maag voelt. Maar ja, dat heeft ze al-

tijd in de buurt van mooie jongens. Want hoe ongelooflijk irritant hij ook is, hij is ook ongelooflijk knap.

'Er zijn nog veel meer foto's van jouw moeder en mijn vader.'
Jan heeft Isa meegenomen naar de studeerkamer boven in
het huis van mevrouw Meneer. Langs de muren staan boe-
kenkasten helemaal tot aan het plafond. In het midden van
de kamer staat een lange houten tafel met twee zwarte bu-
reaustoelen. Jan is op een van de stoelen gaan zitten en heeft
een stapel fotoalbums op tafel gelegd.
    'Leeft je vader nog?' Ze vraagt het voor de zekerheid, maar
ze weet het antwoord allang.
    'Nee. Mijn vader is overleden toen mijn moeder zwanger
was. Ze heeft me nooit verteld dat hij mijn vader was, maar
ik ben er zelf achter gekomen toen ik mijn moeder en Mémé
een paar weken geleden hoorde praten in de tuin. Ik zat in
de boomhut te tekenen. Ze hadden geen idee dat ik daar zat
en toen hoorde ik ze over mijn vader praten.' Hij heeft het
bovenste album opengeslagen en laat een foto zien van Willem Koek die in een zwembroek op een steiger staat. Naast
hem ligt een meisje te zonnen in wie Isa direct haar moeder
herkent, ook al heeft ze een zwarte zonnebril op. Ze heeft
een blauw badpak aan en haar haren liggen uitgewaaierd
over de steiger.
    'Maar hoe kan het dat mevrouw Meneer deze foto's heeft?
En waarom staat mijn moeder op al die foto's met Willem
Koek en niet jóúw moeder?'
    'Ik heb geen idee.' Hij bladert verder in het album en laat

een foto zien van Willem Koek en Isa's moeder, gearmd op de kermis. Ze houden allebei een suikerspin in hun hand en ze steken hun tong uit naar degene die de foto neemt. Er zijn nog veel meer foto's. Foto's van hen samen op een fiets, haar moeder achterop, met haar armen om Willems middel heen, een foto van hen tweeën met naast hen een mollig meisje met lange donkere vlechten.

'Dat is mijn moeder,' zegt Jan.

Isa buigt zich voorover en kijkt naar het meisje met de vlechten. Ze kijkt heel ernstig, een beetje bozig zelfs. 'Vera? Maar die is toch blond?'

'Ja. Maar ze verft haar haren.'

'En ze heeft geen vlechten meer.'

Haar hoofd duizelt. Hoe meer foto's ze ziet van haar moeder en de vader van Jan, hoe minder ze begrijpt. 'Wat doet mijn moeder op al deze foto's?'

Hij slaat het album dicht. 'Ik heb geen idee. Misschien moet je dat aan je moeder vragen,' zegt hij.

'Hoe wist je eigenlijk dat het mijn moeder was?' vraagt ze.

'Dat wist ik niet, tot ik jou op die begrafenis zag. Je lijkt precies op je moeder toen ze jong was. Ik heb eerder naar deze foto's gekeken en me afgevraagd wie dat meisje was die op al die foto's met mijn vader stond. Toen ik jou en je moeder zag, wist ik het meteen.'

Isa kijkt naar Jan terwijl hij de fotoalbums weer in de kast zet. In het zonlicht lijkt hij wel een filmster. Zijn zwarte haar glimt als een spiegel en hij heeft prachtige handen, ziet ze. Eigenlijk is alles mooi aan hem. Isa voelt haar hart bonken.

Niet doen, denkt ze. Niet verliefd worden. Waarom, Isabella Strombolov, word je verliefd op elke knappe jongen die je tegenkomt? En bovendien, zo leuk is hij niet.

'Wil je de boomhut zien?'

Ze schrikt op uit haar gedachten en knikt. Meestal is ze heel goed in 'jongens lezen', zoals ze het zelf noemt. Niet voor niets geeft ze op haar website advies over hoe je dat moet doen. Maar van deze jongen begrijpt ze echt niets. Hij doet opeens zo aardig. Maar waarom?

whatever

Dit is de cursus 'Jongens lezen' (geschreven op de computer van mijn ouders, omdat mijn eigen laptopje nog steeds ziek is).

Jongens worden vaak een beetje onhandig zodra ze gaan groeien. Ze hebben opeens heel lange benen en gekke lange armen en een stem die soms bromt en dan weer piept. Het duurt een tijdje voor ze gewend zijn aan hun 'nieuwe lichaam' en tot die tijd moet je ze het maar vergeven dat ze gek doen (opeens heel hard gaan boeren of per ongeluk met hun elleboog tegen de Ming-vaas van je moeder stoten).
Jongens komen van de planeet Aarde. Ze doen voor 98% van de tijd precies dezelfde dingen als meisjes: ademhalen, eten, drinken, douchen, sporten, naar school gaan, muziek luisteren, lezen, kauwgom kauwen, zich vervelen, tv-kijken, lachen, ruziemaken, dromen, fietsen, kamperen, tosti's maken, hun mobieltje open- en dicht-klappen, verliefd worden.
Jongens vinden het leuk om aandacht te krijgen. Ze

vinden het leuk om ergens goed in te zijn (sporten, leren, op hun handen lopen, Vietnamees praten). En ze vinden het leuk om aandacht te krijgen voor dat wáár ze goed in zijn.

Jongens zeggen meestal wat ze vinden. Dat klinkt gek, maar het is echt waar. Als een jongen zegt: 'Ik heb geen tijd om langs te komen', dan bedoelt hij: ik heb geen tijd om langs te komen (omdat hij zijn kamer moet opruimen, de hond van de buurvrouw moet uitlaten of omdat hij zijn huiswerk moet maken, of Vietnamees moet leren). En als een jongen zegt: 'Ik vind jou wel leuk', dan bedoelt hij: ik vind jou wel leuk.

Jongens vinden het leuk om dingen met hun vrienden te doen. Dat ze soms liever met hun vrienden zijn dan met een meisje, betekent NIET dat ze meisjes niet leuk vinden (tenzij ze alleen van jongens houden natuurlijk). Jongens kunnen niet zien wat je weegt. Ze zien niet of je 1 of 4 kilo te zwaar bent. Ze vinden het niet erg als je geen skelet bent. En als je wel een skelet bent, vinden ze dat ook niet erg. Wat ze wel erg vinden, zijn meisjes die de hele tijd klagen dat ze te dik of te dun zijn.

Alles wat jongens over meisjes moeten weten:

Meisjes krijgen vaak van de ene op de andere dag ronde billen, heupen en borsten. En hoe leuk je dat er misschien ook uit vindt zien, meisjes moeten daar heel erg aan wennen. Soms voelen ze zich een beetje dik omdat ze opeens bolle billen hebben. Zeg daarom nooit voor de grap: 'Hé bolle!' of: 'Wat een dikke kont heb jij!' Zeg tegen een mager meisje ook niet dat ze wel wat meer mag eten. Op deze leeftijd zijn meisjeslichamen in de groei en veranderen ze de hele tijd.

Meisjes bespreken alles met hun vriendinnen. Als jij op straat een leuk meisje ziet en je zwaait naar haar, dan kun je er zeker van zijn dat ze over dat ene moment twee uur lang kan praten met haar vriendinnen. Onthoud dat alles wat je tegen haar zegt en alles wat je met haar doet, met al haar vriendinnen wordt gedeeld. Dat is niet altijd leuk, maar je kunt het ook gebruiken. Bijvoorbeeld door tegen haar vriendinnen te zeggen dat je haar zo leuk vindt of zo mooi of zo grappig. Je weet dan zeker dat zij dat te horen krijgt. Uit onderzoek blijkt dat vrouwen (en meisjes) een geheim binnen zevenenveertig uur en een kwartier aan minstens één iemand hebben doorverteld.

Meisjes willen zich graag bijzonder voelen. Dat is trouwens niet op de hele wereld zo. In het Westen vinden de meeste mensen zichzelf heel bijzonder en denken ze dat de meeste andere mensen maar heel gewoontjes zijn. In het Oosten is dat net andersom. Daar denken de meeste mensen dat ze net zo gewoon zijn als iedereen en dat alleen andere mensen soms heel bijzonder zijn.

Maar woon je in het Westen en wil je een meisje versieren, dan is het goed om haar het idee te geven dat ze bijzonder is (wat ze natuurlijk ook is, want anders had jij haar niet zo leuk gevonden). Beschouw haar als een filmster en jezelf als een bioscoopbezoeker. Elke keer dat je haar ziet, kijk je naar haar alsof zij de enige is die op een podium staat met een grote schijnwerper op haar. Als je alleen oog voor haar hebt, zal ze dat zeker merken – en leuk vinden.

Meisjes praten in geheimtaal. Het duurt heel lang voor jongens daarachter komen, maar het is echt zo. Meisjes zeggen soms wat ze vinden en soms zeggen ze precies het tegenovergestelde.

Als meisjes om je grapjes lachen, vinden ze je meestal leuk (in ieder geval vinden ze je grappig).

6

Achter in de tuin van mevrouw Meneer loopt een pad langs hoge struiken vol bloemen. Een witte vlinder fladdert van bloem naar bloem. Aan het eind van het pad staat een oude boom met takken zo dik als olifantenpoten. In het midden van de kruin is de boomhut getimmerd. Er zit een terras aan met een houten hekje eromheen en in het midden hangt een touwladder. 'Ik hou de ladder wel vast,' zegt Jan, die haar voor laat gaan.

Voorzichtig klimt ze omhoog, terwijl ze met een hand haar rok tegen haar been houdt, bang dat die door de wind omhoog wordt geblazen. In je onderbroek op een touwladder staan in het zicht van een jongen is niet het liefste wat ze wil. Isa durft nauwelijks naar beneden te kijken, zo hoog is het.

'Aan het hek zit een handvat. Daar moet je je aan vasthouden en je dan optrekken,' zegt Jan.

Ze trekt zichzelf omhoog en laat zich plat op haar buik op het terras vallen. Heel langzaam draait ze zich om, zittend op haar knieën. 'Wat een mooi uitzicht.'

Door de bladeren heen ziet ze het huis van Vera. Vanaf deze hoogte lijkt het echt een kabouterhuisje.

'Je moet oppassen met die plank daar,' zegt Jan, die zijn

hoofd boven het terras uit steekt en naar een plank naast de touwladder wijst. 'Volgens mij is die rot. Ik ben er een keer bijna doorheen gezakt.'

Isa laat zich op haar billen zakken en schuifelt naar de ingang van de boomhut. 'Wow!' zegt ze, wanneer ze door het deurtje is gekropen. 'Je kunt hier gewoon staan.' De boomhut ziet eruit alsof hij al jaren niet is gebruikt. In de hoeken hangen stofnesten en in de raampjes zitten grote barsten. 'Wie heeft dit gebouwd? Het is echt heel mooi.' De hut is bijna net zo groot als haar eigen kamer.

'Meneer Meneer heeft dit gebouwd. Ergens in de vorige eeuw. Volgens Mémé heeft hij het speciaal voor de kinderen uit de buurt gebouwd. Omdat hij zelf geen kinderen had.'

Isa heeft een van de raampjes opengeduwd. Links ligt het kabouterhuisje, rechts het huis waar haar moeder vroeger woonde. Het is net alsof ze in een tijdmachine zit, alleen een heel andere dan de kartonnen doos van Max. Dit is een échte tijdmachine. Hier, op deze plek, heeft haar moeder gezeten toen ze net zo oud was als Isa nu, en hier heeft ze toen ze jonger was gespeeld met Vera, die nu een grote blonde vrouw in een mantelpak is, maar toen een mollig meisje met vlechten. Hier, precies voor dit raampje, heeft ze gestaan, denkt Isa, en ze heeft precies dezelfde dingen gezien die zij nu ziet. De tuin met het kronkelpad tussen de struiken, en de straat met de hoge kastanjebomen die toen waarschijnlijk nog miniboompjes waren. 'Zit je hier vaak?' vraagt ze, zonder zich naar Jan om te draaien.

'Vroeger wel. Nu kom ik hier soms nog wel eens met mijn vrienden of een vriendinnetje.'

'Heb je een vriendinnetje dan?' Hoe onuitstaanbaar ze hem in het begin nog vond, nu lijkt hij met de minuut aardiger te worden. Het is net alsof er twee Jannen zijn, een heel stomme en een best wel aardige. Ze kan zich wel voorstellen dat een meisje verliefd kan zijn op de aardige Jan.

'Nee, nu niet, maar ik heb wel een tijdje een vriendinnetje gehad. Sofie heette ze.'

'Hé, zo heet mijn beste vriendin ook!'

'Misschien is het wel dezelfde.' Hij kijkt haar lachend aan.

'Dat lijkt me niet, want dan had ik het wel geweten.'

'Misschien hadden we wel een geheime relatie, jouw Sofie en ik.'

'Mijn Sofie zit in Dubai op dit moment.'

'De mijne ook.'

'Dat meen je niet!' Isa kijkt hem met grote ogen aan.

'Grapje,' zegt hij lachend. Isa kijkt naar zijn tanden. Die staan kaarsrecht. Alleen zijn linkerhoektand staat scheef. Het is grappig, denkt ze, dat iemand die er zo perfect uitziet als hij, alleen maar nog mooier wordt door één scheve tand. Niet doen, niet denken dat hij wel aardig is omdat hij er alleen maar mooi uitziet. Echte schoonheid zit vanbinnen, zegt haar moeder altijd, maar in het geval van Jan zit de schoonheid toch echt heel erg aan de buitenkant. Isa kijkt dromerig naar zijn haar. Af en toe haalt hij zijn hand erdoorheen alsof hij het de hele tijd in model moet houden.

'Luister je wel?' Isa schrikt. Ze luistert helemaal niet. Ze heeft een enorme aanval van OPZ – Ontzettend Plotselinge Zwijmelaritis.

'Sorry, wat zei je?'

'Waarom ben je helemaal hierheen gekomen? Toch niet alleen om die foto te zien?'

'Jawel,' zegt ze. 'Nou ja, en omdat mijn vriendinnen allebei weg zijn en ik verder niks beters te doen heb. Maar wat ik niet begrijp, is dat mijn moeder op een foto staat met die Willem Koek en dat ik daar niks vanaf weet. En er staat zelfs een foto van míj in dat huis. Terwijl mijn moeder altijd heeft gezegd dat ze niemand meer kende in dit dorp. Maar ik wil het eerst zelf uitzoeken voor ik het haar vraag.'

'Hoe weet je dat hij Willem Koek heet?'

'Dat heeft mijn moeder verteld.'

'En weet zij ook dat hij mijn vader is? Mijn moeder heeft dat mijn hele leven geheimgehouden voor mij.'

Isa is naast hem op de grond gaan zitten. 'Heet jij ook Koek?'

'Nee. Ik heb de achternaam van mijn moeder, Wazowski.'

Isa weet zeker dat ze die naam eerder heeft gehoord. Maar wie heette er nou zo? Veel tijd om erover na te denken heeft ze niet, want Jan praat veel en snel.

'Mijn moeder heeft me altijd verteld dat mijn vader een balletdanser was. Op een avond, toen zij alleen thuis was, werd er aangebeld en stond er een heel balletgezelschap met autopech voor de deur. Ze vroegen of ze bij haar de ANWB mochten bellen, maar die kon de bus waarmee ze op tournee waren pas de volgende dag repareren.' Hij kijkt naar de vloer en tekent met zijn vinger figuren in het stof.

'En toen?'

'Toen is dat hele balletgezelschap blijven slapen en negen maanden later werd ik geboren.'

'En was Willem die balletdanser?'

Hij kijkt haar spottend aan. 'Nee, natuurlijk niet. Die balletdanser heeft nooit bestaan. Ze heeft gewoon een vader voor me verzonnen, omdat ze om wat voor reden dan ook mijn echte vader voor me verborgen wilde houden. Vlak voordat Mémé doodging, ben ik er pas achter gekomen dat Willem Koek mijn vader is en sindsdien ben ik als een gek gaan zoeken bij haar in huis en op het internet. Ik heb helemaal niks gevonden, behalve dan al die foto's.'

Isa voelt haar telefoon trillen. Ze heeft haar alarm gezet en tot haar schrik ziet ze dat het al tijd is om terug te gaan, wil ze thuis zijn voor haar ouders terugkomen. 'Ik moet gaan,' zegt ze zacht, omdat ze Jan liever niet wil onderbreken. 'Ik wil je wel helpen om uit te zoeken hoe het zit met jouw vader en mijn moeder. Als je wil, kom ik nog een keer terug.'

'Jaaaaaaanneman,' klinkt het opeens uit de tuin ernaast. Het is de stem van Vera.

Isa schrikt. 'Niet tegen je moeder zeggen dat ik hier was, hoor.'

'Ik zeg niks. Maar ik moet nu wel naar huis.' Vanaf het terras zwaait hij naar zijn moeder, die aan het hek staat. 'Ik kom eraan.' Hij draait zich om naar Isa: 'Wacht even tot ze weg is.'

'Echt niks zeggen, hoor.' Isa kijkt hem smekend aan.

'Het is ons geheim,' zegt hij wanneer ze weer beneden tussen de struiken staan.

'Ons geheim.' Isa voelt honderd miljoen vlinders in haar buik, al begrijpt ze niet helemaal waar die vandaan komen.

Op het perron ziet ze dat ze nog ruim een uur de tijd heeft om thuis te komen. Isa haalt haar opschrijfboekje tevoorschijn en schrijft op wat ze tot nu toe weet.

Mevrouw Meneer is dood.
Meneer Meneer is dood.
Willem Koek is ook dood.
Mijn moeder en Vera hebben ons nooit iets over hem verteld.
Jan is mega-cute.
Wie was Willem precies?

Op de fiets van het station naar huis lijkt ze te vliegen. *Mijn fiets is een brommer en ik ben een privédetective die verliefd aan het worden is, help. Niet doen Isa, niet verliefd worden. Hij is stom en onaardig en zo mooi.*

Thuis zet ze de televisie aan. Ze zapt langs veertig zenders. Op alle Nederlandse netten zitten boze leraren en leraressen aan tafel te praten over de staking. *You go, guys*, denkt ze, lekker doorgaan met staken.

Ze heeft haar zielige laptopje met de kapotte 'w' op haar schoot en stuurt haar vriend Jules een berichtje. Het is jammer dat ze niet bij hem logeert, maar op dit moment heeft ze belangrijkere dingen te doen. Niet verliefd worden bijvoorbeeld, en uitzoeken wie de mysterieuze jongen met het rode haar was en wat de link is tussen hem, haar moeder, Vera en Jan.

IzzyLove ♡ (2258)   reageer ⮑
vandaag, 16:05   verwijder 🗑

He Jules, hou je het nog el uit zo zonder school? Ik kan helaas
niet bij je komen logeren. Aarom dat is, dat leg ik nog el een
keer uit. En als je denkt dat ik gek ben ge-orden of dat ik at
onderlijk typ, eet dan dat ik mijn computertje in de regen heb
laten staan. Nu doet de letter – eh die tussen de q en e op het
toetsenbord – het niet meer. En omdat ik natuurlijk geen nieue
van mijn ouders krijg, schrijf ik nu een beetje merkaardig.
Het is el irri, maar ja. Izzy.

Isa veegt met de rug van haar hand het zweet van haar voorhoofd. Die leraren hebben een perfecte week uitgekozen om
te staken. Met haar bezwete vingers tikt ze daarna de naam
in van Jan op Google, Hyves en Netlog. Boos dat haar toetsenbord niet meewerkt. Er bestaat geen Jan azoski.

Wanneer ze de voordeur hoort, klapt ze snel haar laptop
dicht en zapt naar MTV, waar net een aflevering van *Sweet Sixteen* is begonnen. Zo'n meisje vond hij mij, denkt ze.

'Dag liefje, wat heb jij de hele dag gedaan?' Isa's moeder
staat in de deuropening. Ze schuift een pluk haar van haar
bezwete voorhoofd en schopt haar schoenen uit. 'Pff, wat een
hitte. Het lijkt wel zomer, en dat zo vroeg in het voorjaar.' Ze
geeft Isa een zoen op haar wang. 'Ik ga een karaf water halen.
Met dit weer moet je heel veel drinken, anders krijg je een
zonneberoerte, of een zonnedinges. Hoe heet dat ook al weer?'

'Een zonnesteek.'

'Lieverd, vertel, wat heb jij vandaag de hele dag gedaan?'

'Niet zoveel. Ik heb de hele dag in een boom gezeten.'

'Lekker koel, in de boom.' Haar moeder gaat naast haar op de bank zitten, geeft haar nog een zoen en glimlacht. 'Ik ben blij dat je zo groot bent dat ik je zonder zorgen de hele dag alleen kan laten.'

'Mag ik nog even op jouw computer om iets op mijn website te zetten?'

'Heb je niet al de hele dag achter een scherm gezeten, lieverd?'

'Nee, ik zei het toch, ik heb in een boom gezeten.'

nieuws

Hoe versier je iemand?

(Je hangt er kerstlampjes in en wikkelt er slingers omheen.)

Tip 1: Praten doe je met je ogen

Hoe laat je iemand weten dat je hem of haar leuk vindt? Door met je mond te zeggen: 'Hallo, ik vind jou leuk.' De meeste mensen schrikken zich dan een hoedje. Daarom kun je het beter niet gelijk met je mond zeggen, maar eerst met je ogen. Hoe langer je naar iemand kijkt, hoe meer het opvalt, want de meeste mensen kijken maar heel kort naar elkaar. Alleen verliefde mensen kunnen hun ogen niet van elkaar af houden. Als je vaak en lang naar een jongen kijkt (of naar een meisje), zal hij dat altijd merken. En de meeste jongens (en meisjes) zijn zo ijdel, dat ze het nog leuk vinden ook. Die ander zal denken dat jij hem of haar leuk vindt omdat je zo zit te kijken, en de meeste meisjes (en jongens) vinden het leuk om leuk gevonden te worden (ja, zo simpel is het).

Maar hoe zeg je nou met je ogen dat je iemand leuk vindt? Ga niet als een gek staren of knipogen, maar kijk vijf seconden naar de jongen die je leuk vindt. Dat is net iets langer dan normaal.

Izzy LOVE

Kijk niet recht in zijn ogen, maar kijk naar zijn wenkbrauwen, zijn oren of zijn schouders. Na vijf seconden kijk je even weg. Herhaal dit af en toe. Kijkt hij terug, glimlach dan of trek je wenkbrauwen op en frummel aan je haar (dat klinkt gek, maar dat doen verliefde mensen) en kijk dan weer weg.

Nu is het gekke dat dat kijken bij jongens en meisjes verschillend werkt. Ik heb ergens gelezen dat daar onderzoek naar is gedaan. De onderzoekers lieten een heel mooie vrouw alleen aan een bar zitten. Als ze niemand aankeek, kwam er niemand naar haar toe. Keek ze een keer op, dan lachten er een paar mannen naar haar. Maar keek ze wat langer (vijf seconden) en vaker (één keer per minuut) naar de mannen in het café, dan kwamen er een heleboel mannen naar haar toe om een praatje met haar te maken. De mannen kwamen dus niet op haar af omdat ze alleen was of omdat ze mooi was, maar omdat ze als eerste met haar ogen liet zien dat ze hen wel leuk vond.

(Volgens mij werkt dit ook heel goed als je iemand stom vindt. Gewoon niet kijken.)

Tip 2: Spiegel

'Spiegelen' betekent dat je de gebaren en houding van een ander nadoet. Mensen die elkaar aardig vinden, doen dat vanzelf al. Let maar eens op wanneer je met je vrienden of vriendinnen zit te praten. Na een tijdje zit of staat iedereen op bijna dezelfde manier. Het leuke is dat je dit ook als trucje kunt gebruiken. Zit je 'slachtoffer' met gekruiste benen, dan doe jij dat ook. Doe alle bewegingen zoveel mogelijk na, van het steunen op je ellebogen tot het schuin houden van je hoofd. Maar doe het natuurlijk niet te overdreven. Het idee van het spiegelen is dat de ander zich daardoor, zonder dat hij of zij het merkt, beter op zijn of haar gemak voelt. Onbewust zal hij of zij jou dan leuker vinden.

Tip 3: Laat die ander stralen

Iedereen wil zich speciaal voelen. Nee: iedereen *is* speciaal. En als je verliefd bent, dan is het net alsof je opeens alles aan diegene leuk vindt. Je kunt jaren in de klas zitten met een jongen of een meisje zonder dat je hem of haar echt ziet. Maar zodra je verliefd bent, zie je opeens een heleboel leuke dingen. Natuurlijk had hij altijd al zulke leuke ogen, maakte zij altijd al zulke leuke grapjes en kon hij of zij altijd al zo goed voetballen, maar nu zie je het voor de eerste keer. En als je het durft, zeg je dat ook nog tegen die jongen of dat meisje. Dan zeg je: 'Wat kan jij goed tekenen', of: 'Wat heb jij altijd ontzettend leuke kleren aan.' Die ander voelt zich door jouw aandacht en jouw complimenten extra bijzonder.
Als je wil laten merken dat je iemand leuk vindt, moet je niet verlegen in een hoekje blijven zitten en hopen dat die ander jou opeens ziet. Laat de jongen of het meisje op wie je verliefd bent stralen. Maak hem of haar de belangrijkste in de wereld. Geef hem of haar extra aandacht, geef elke dag of elke keer dat jullie elkaar zien een complimentje. Schrijf gekke en grappige berichtjes via internet of MSN en schaam je er niet voor dat je laat merken dat je die ander leuk vindt. Iedereen wil leuk gevonden worden, echt waar. En hoe leuker jij die ander vindt,

hoe leuker hij of zij jou zal vinden. Je kunt namelijk moeilijk een hekel hebben aan iemand die jou zoveel leuke aandacht geeft. In Amerika hebben ze trouwens ontdekt dat mensen die een leven lang verliefd op elkaar blijven, elke dag iets aardigs voor elkaar doen of in ieder geval laten merken dat ze die ander leuk vinden. Dus ook als je al verkering hebt, moet je je vriend of vriendin blijven zeggen dat hij of zij leuk is.

7

Het leven, denkt Isa, bestaat alleen maar uit leuke dingen. Haar ouders zijn al vroeg naar hun werk vertrokken, Max logeert de hele week bij een van de bacteriën en de zon schijnt. Nog voor ze zich heeft aangekleed, zit ze al achter de computer van haar ouders en beantwoordt brieven van lezers van haar weblog. Niet dat ze zelf echt een expert is op liefdesgebied, maar het is altijd makkelijker om iemand anders advies te geven. Steeds vaker krijgt ze mailtjes van lezers. Bijna altijd vragen ze hoe ze een jongen of een meisje kunnen laten weten dat ze verliefd op hem of haar zijn. Vorige week kreeg ze nog een mailtje van een meisje uit de brugklas dat verliefd was op een jongen uit de derde. Ze durfde hem niet aan te spreken en zelfs geen 'hoi' tegen hem te zeggen. Of Isa wist hoe ze dat moest aanpakken. 'Iedereen weet toch,' had Isa geantwoord, 'dat meisjes uit de brugklas onzichtbaar zijn voor jongens uit de derde.' Maar toen ze er een tijdje over had nagedacht, had ze toch nog een slimme truc geweten. Ze had het meisje aangeraden om naar die jongen te gaan en te zeggen: 'Sorry, ik heb een heel gekke vraag, maar heb jij een neef of een broer die Jan-Jozef heet?' Natuurlijk zou zo'n jongen nee zeggen en daarom was het ook belangrijk om een rare naam te kiezen. Daarna kon je hem uitleggen dat je op vakantie iemand met die naam had ontmoet die als twee druppels water op hem leek. En vanaf die dag kon je elke dag naar hem zwaaien en voor de grap zeggen: 'Hoi, Jan-Jozef!'

Haar eigen liefdesleven bestaat uit drie jongens: Tristan, die in een land ver weg woont en die ze nooit meer spreekt; Jules, van wie haar vriendinnen denken dat hij verliefd op haar is; en Jan. Opnieuw tikt ze zijn naam op de zoekmachine in, deze keer met een toetsenbord waarvan wél alle letters van het alfabet werken. Ze vindt zijn naam bij een voetbalvereniging en op een site van zijn school, maar nergens staat er een foto bij. Op haar vriendensite heeft ze meer geluk. Hoewel hij zijn profiel heeft afgeschermd, kan ze wel zijn foto bekijken. Hij houdt zijn handen voor zijn gezicht waardoor ze alleen zijn ogen ziet. Ze zijn niet alleen prachtig zeegroen, maar er zitten ook zwarte cirkels om de buitenkant van het groen, waardoor het net twee lichtgevende ufootjes lijken. Hij heeft prachtige wenkbrauwen. Zijn donkere haar is naar achteren gekamd, maar een lok hangt in een golfje langs zijn rechteroog. VOEG TOE ALS VRIEND, staat er onder zijn foto. Meteen voegt ze hem toe aan haar vriendenlijst. Wanneer de pagina afsluit, verschijnt er een geel envelopje onder in het scherm. Isa zou nooit de mail van haar ouders lezen, maar detective Strombolov denkt daar heel anders over. Ze klikt op het envelopje en leest de mail die niet voor haar bedoeld is, maar die een prachtig bewijsstuk is in het dossier WWW – Wie Was Willem.

Van: Vera Wazowski
Onderwerp: Over vroeger

Vrouw van vroeger,

Het was goed om je weer te zien. En wat een beeldige dochter heb je. Ik hoorde van Jan dat ze gisteren in het dorp was. De volgende keer dat je haar deze kant op stuurt, moet je haar even laten aanbellen. Ze is altijd meer dan welkom, dat begrijp je.
In het huis hiernaast gebeurt nog steeds niets. Ik geloof dat de neven op dit moment ruziemaken over de erfenis. Het zal nog wel een tijdje duren voor het huis wordt leeggehaald. Wat doe jij trouwens met je kinderen tijdens de staking? Jan is dolblij dat de school dicht is, maar ik word op dit moment gek van hem. Hij is zo humeurig. Maar ja, pubers hè?
Het was fijn om je te zien na al die jaren, al was de aanleiding nogal triest. Mijn eigen zoon is nu net zo oud als wij toen en als ik naar hem kijk, kan ik me niet eens meer voorstellen dat ik me op die leeftijd zo groot en volwassen voelde. Hij zit nu in de boomhut waar wij zoveel hebben meegemaakt. Heel soms kom ik er nog wel eens. Het is alsof de tijd er met een grote bocht omheen is gegaan, behalve dat wij er niet meer zijn. Misschien hadden we nooit moeten opgroeien.
Zouden alle mensen zo gaan mijmeren als ze ouder worden?

LOVE

Het blijft fascinerend dat we ooit zo jong waren als onze eigen kinderen nu en dat dat soms wel gisteren lijkt en dan weer drieduizend jaar geleden.

En al die drieduizend jaar heb ik hier een brief liggen die ik je al heel lang geleden had willen geven. Nu ik je weer gezien heb, moet ik de hele tijd denken aan hoe onze vriendschap zo plotseling is beëindigd. Door die brief wordt misschien meer duidelijk. Maar ik stuur hem alleen als je dat wilt. Ik begrijp het ook als je het verleden liever laat rusten.

Pas goed op jezelf.

Een zwaai uit het verleden,
Vera

Isa voelt haar handen trillen. Niet alleen haar handen, maar haar hele lichaam trilt. Hoe durft hij? Ze had hem nog zo gevraagd om het niet tegen zijn moeder te vertellen. Ze zou willen dat ze de vriendenuitnodiging alsnog kon terugdraaien. Ze wil geen vrienden zijn met een verrader. Je moet altijd op je eerste indruk afgaan, denkt ze. Ze vond hem vanaf het allereerste moment verschrikkelijk en dat heel kleine vleugje verliefdheid dat ze gisteren voelde, dat was nep. Ze gooit de mail weg en leegt de prullenmand op het bureaublad. Voor de zekerheid wist ze ook nog de zoekgeschiedenis. Haar moeder hoeft niet te weten dat ze op zoek is geweest naar foto's van die onbetrouwbare idioot.

In de keuken schenkt ze een glas ijsthee in en zet de radio aan. 'Ruim zevenhonderd leerkrachten protesteerden vandaag voor de poorten van het regeringsgebouw. De sfeer was van aanvang af al uiterst grimmig. Enkele docenten gooiden eieren naar de staatssecretaris van Onderwijs. De minister van Onderwijs riep de actievoerders via een megafoon op vooral rustig te blijven. Zijn verzoek vond geen gehoor. De groep trok daarna richting het station en gooide met vuurwerk. Naar het zich nu laat aanzien, zullen de scholen nog minstens een week dicht blijven.'

Isa verslikt zich bijna in haar drinken. Juffen en meesters die met eieren en vuurwerk gooien. Dat zou zij in de klas eens moeten proberen. Dan stond ze tot haar achttiende voor straf het schoolplein te vegen. Ze pakt haar telefoon en stuurt haar vriendin een berichtje.

Hé Catootje, hoe gaat het op je nerdkamp? Ik hoorde net op de radio dat de juffen met eieren gooien ☺ en dat de staking nog een week gaat duren, dus bereid je maar vast voor.
Of probeer te vluchten!

Binnen een paar minuten heeft ze een sms'je terug.

HAAL ME HIER WEG, anders ga ik ook met eieren gooien!
Catoradeloos.

Zit er niet 1 leuke nerd tussen?

Izzy LOVE

Helaas. Maar ik kan nu wel het moeilijkste raadsel aller tijden oplossen, hoezee.

Ja, jij wel, denkt Isa. Zelf zit ze nog steeds met het raadsel van de foto's. En nu de enige die haar verder kan helpen haar achter haar rug om heeft verraden, heeft ze niet eens zin meer om uit te zoeken hoe het zit. Wat kan het haar schelen wie de vader van Jan is en waarom hij met haar moeder op al die foto's staat. Die Willem is gewoon het ex-vriendje van haar moeder en daarna is het uitgegaan en is hij het vriendje van Vera geworden. En Vera heeft vast een goede reden om dat al die jaren geheim te houden voor Jan, maar wat die reden ook is, het kan Isa niet schelen. Het is tijd om ze weer voor altijd te vergeten.

Ze pakt nog een keer het fotoalbum uit de kast en kijkt naar de foto van Willem Koek. Het is gek dat hij zo treurig kijkt op die foto. Een klassenfoto, wat dit waarschijnlijk is, wordt altijd gemaakt door een fotograaf die je aan het lachen probeert te maken. Haar moeder had gezegd dat Willem onbetrouwbaar was, maar Isa vindt hem er juist heel vriendelijk uitzien. Ze bladert een pagina verder en kijkt naar een foto van haar moeder toen ze nog studente was. Ze heeft haar ogen opgemaakt met heel veel zwart en haar haren rood geverfd. Ze heeft een grote rugzak om en lacht naar de fotograaf. 'France, 1986' staat er onder de foto. Het is een gek idee, vindt Isa, dat haar ouders ook jong zijn geweest. En helemaal gek dat ze er toen zo anders uitzagen.

Ze zet het boek terug in de kast en besluit dat het WWW-project nu officieel voorbij is. Misschien dat ze alsnog bij Jules kan gaan logeren. Ze schenkt een glas water met ijsklontjes in en zet de computer van haar ouders weer aan.

Wanneer ze naar haar vriendensite gaat, verschijnt er een berichtje in beeld. JAN WAZOWSKI HEEFT JE VRIENDSCHAPSUITNODIGING GEACCEPTEERD. Ze klikt het berichtje weg en gaat naar de pagina van Jules.

IzzyLove ♡ (2259)　　　　　　　reageer ⤵
vandaag, 10:25　　　　　　　verwijder

Jiehoe Jules, ik ben vrij, jij bent vrij, hij is vrij, zij is vrij, wij zijn vrij, jullie zijn vrij, zij zijn vrij! Ik was vrij, jij was vrij, hij was vrij, zij was vrij, wij waren vrij, jullie waren vrij, zij waren vrij. Ik zal vrij geweest zijn, jij zal vrij geweest zijn, hij zal vrij geweest zijn, zij zal vrij geweest zijn. Wij zullen vrij geweest zijn, jullie zullen vrij geweest zijn, zij zullen vrij geweest zijn. Nou ja, ik verveel me een beetje, maar verder is alles mieters (dit is mijn nieuwe woord). Zullen we nog afspreken? Ik ga maar weer voor het too long wordt. LY

Isa ziet dat ze een nieuw privébericht heeft. Nieuwsgierig opent ze haar mailbox, al is de kans groot dat het weer een of andere suffe doorstuurmail is. Zoals: DIT IS HEEL ENG EN HET KOMT NOG UIT OOK. ALS JE DEZE MAIL NIET BINNEN 3 SECONDEN DOORSTUURT NAAR 900 VRIENDEN, ZUL JE OM MIDDERNACHT DOOR DE BLIKSEM WORDEN GETROFFEN. ALS JE DEZE MAIL WÉL DOORSTUURT, ZUL JE BINNEN 10 SECONDEN EEN BERICHT ONTVANGEN VAN

DE LIEFDE VAN JE LEVEN. Maar het is geen doorstuurmail, het is een bericht van iemand die ze net nog zo hard probeerde te vergeten.

Berichttype: Privébericht
Aan: IzzyLove
Onderwerp: Hoi

Hoi, wat goed dat je me hebt gevonden, en toegevoegd. Ik moet je alleen iets heel ergs vertellen. Mijn moeder heeft je gezien gisteren (oeps)!!! Ze hoorde het tuinhek van Mémé kraken en keek naar buiten. (Toen ze jou zag lopen, wilde ze naar je toe gaan, maar ik heb haar kunnen tegenhouden gelukkig.) Ik heb gezegd dat je je zonnebril was verloren in de tuin en dat je daarom was teruggekomen (klein leugentje om bestwil). Ik heb niks gezegd over de foto's, maar morgen is mijn moeder de hele dag weg. Ik heb besloten dat ik op onderzoek ga in het huis van Mémé. (Ik moet opschieten want volgens mijn moeder gaat haar familie binnenkort het hele huis leeghalen.) Ik móét weten waarom mijn moeder heeft gelogen over Willem Koek. Wil je me helpen?

Wazowski (audiovisueel expert)

Isa voelt zich een beetje bibberig worden. Ongeveer hetzelfde gevoel dat ze had toen ze moest afzwemmen voor haar eerste zwemdiploma jaren geleden. Dat gekke gevoel dat het midden houdt tussen opwinding en doodsangst.

Hij heeft haar niet verraden, hij heeft haar juist gered. En hij wil haar niet alleen zien, hij wil dat ze hem helpt met zijn onderzoek. Terwijl hij ook iemand van zijn eigen leeftijd zou kunnen vragen om hem te helpen. Of vraagt hij haar alleen maar omdat hij hoopt dat hij via haar moeder iets te weten kan komen over Willem Koek?

Berichttype: Privébericht
Aan: J@n
Onderwerp: Re: Hoi

Wazowski, natuurlijk wil ik je helpen. Ik ben zelf ook nieuws-gierig hoe het zit met Willem Koek. Morgenochtend om halfelf in de boomhut?

Strombolov (bloedspetterexpert) :-{)}

Izzy LOVE

Aan: Izzy@izzylove.nl
Onderwerp: Remco

Hoi lieve Izzy,

Ik heb een probleem. Ik ben verliefd. Maar Remco (de jongen die ik leuk vind) vindt mij irritant op MSN. Hoe kan ik ervoor zorgen dat hij mij niet meer irritant vindt en mij leuk gaat vinden?
Help mij, Izzy! Wil je me alsjeblieft ook nog wat tips geven?

Xxx Anouk, die heel veel tips nodig heeft!

PS Stuur je snel een mail? Ik heb echt hulp nodig!

Aan: Anouk@gezondehoeven.nl
Onderwerp: Re: Remco

Hoi Anouk, het is handig om te weten dat je een vriendje niet zomaar van de ene op de andere dag hebt. Het is ook een beetje een spel waarbij je elkaar een beetje plaagt, aandacht geeft en laat merken dat je elkaar leuk vindt. Misschien is MSN niet de beste manier om hem dat te laten merken (misschien gebruikt hij MSN alleen om met zijn vrienden te chatten en vindt hij het irritant als jij daar de hele tijd doorheen komt). Nu je weet dat MSN geen succes is, moet je proberen hem in het echt aan te spreken. Zeg dat je hebt gehoord dat hij op paardrijden/speerwerpen/kunstschaatsen zit, daar en daar woont, een oom heeft met een helikopter :) (of zoiets). Ga hem niet uit de weg omdat je verlegen bent en ga hem ook niet gelijk zeggen dat je hem wel heeeeeeel leuk vindt, maar maak er een spel van waarbij hij langzaamaan doorkrijgt dat je hem inderdaad leuk vindt. En als je niet eens bij hem in de buurt durft te komen omdat je knietjes het dan begeven of omdat je opeens als kabouter Plop klinkt, dan moet je het misschien toch via internet proberen, maar bombardeer hem dan niet met berichten.

Zoek uit van wat voor muziek hij houdt, waar hij woont of kijk of hij iemand kent die jij ook kent. Zie jezelf als een privédetective. Schrijf alles op wat je over hem weet en zorg dat je op dezelfde plekken bent als hij. Zelfs als hij je nooit opmerkt, kan het zijn dat je later een keer tegen hem op loopt en dan kunt zeggen: hé, zat jij vroeger niet bij die en die sportclub en woonde je niet daar en daar? Hij zal van verbazing omvallen :).

En heel, heeeeeeel misschien vindt hij je gewoon echt irritant. In dat geval moet je hem zo snel mogelijk vergeten!

IzzyLove

8

Het is verbazingwekkend hoe makkelijk het is om je ouders te vertellen dat je de hele dag alleen thuis bent, als je in werkelijkheid heel ergens anders bent. Een goede detective moet staalhard kunnen liegen. Zodra Isa uit de trein stapt, zet ze voor de zekerheid haar telefoon uit, bang dat haar ouders opeens bellen.

In het enige winkelstraatje van het dorp ziet ze zichzelf weerspiegeld in een etalageruit. Isa blijft even staan. Ze ziet er goed uit, vindt ze zelf. Een stadsmeisje op het platteland. Toen ze klein was, las haar moeder haar voor uit een boek over een stadsmuis en een veldmuis. Veldmuis was lekker dik, want die kon de hele dag in het graanveld eten. Zijn neef Stadsmuis was heel dun, want die was altijd op de vlucht voor de kat. In het boek ging Stadsmuis op bezoek bij Veldmuis en vroeg zich af hoe het mogelijk was dat Veldmuis zo'n armzalig leven leidde met alleen maar een saai graanveld om naar te kijken en niks te beleven. Stadsmuis nodigde zijn neef uit om naar de stad te komen en daar het echte leven mee te maken. Vanaf de eerste dag moest Veldmuis rennen voor zijn leven want overal waar hij ging, lag de kat op de loer. 'Wat een rotleven heb jij hier,' zei Veldmuis tegen zijn neef, 'geef mij

Izzy LOVE

maar mijn holletje in de boom en het uitzicht op het graan.'

Het was heel lang Isa's lievelingsverhaal geweest. Haar moeder had het een tijd lang elke avond voorgelezen.

Maar nu Isa hier loopt, langs de lanen met hoge bomen en door de winkelstraat met schattige kleine winkeltjes, kan ze het zich prima voorstellen dat ze in een dorp zou wonen. Ze blijft staan bij een ijssalon. Als ze iets meer tijd zou hebben, zou ze een ijsje gaan eten.

'Nee maar, kijk eens wie we daar hebben!'

Isa ziet twee oudere dames die op het terras van de ijssalon zitten met elk een reusachtige sorbet voor zich. De twee vrouwen hebben identieke, mintgroene jurken aan, alsof ze een tweeling zijn. Precies op hetzelfde moment lachen de vrouwen hun spierwitte tanden bloot.

'Jij was op de begrafenis, was het niet?' vraagt een van de vrouwen, en ze gebaart naar Isa dat ze bij hen moet komen zitten. 'Kind, wat lijk jij toch op je moeder toen ze jong was. Datzelfde prachtige haar en dat fijne gezichtje.'

Isa voelt zich altijd een beetje opgelaten als volwassenen over haar uiterlijk beginnen. *En wat lijken júllie op elkaar zeg*, denkt ze. *Datzelfde grijze haar en diezelfde gekke mintgroene jurk.*

'Wat brengt je terug in het dorp van je moeder?' vraagt een van de vrouwen.

'Ik heb mijn zonnebril laten liggen,' zegt Isa, blij dat Jan zo'n mooi excuus voor haar heeft bedacht. *Maar eigenlijk ben ik een privédetective, op zoek naar het mysterieuze verleden van mijn moeder.*

'Doe je je moeder de groeten van ons?' vragen de vrouwen tegelijkertijd.

Isa knikt. Maar voor ze verder loopt, bedenkt ze zich. Een detective is altijd op zoek naar informatie. Aan omstanders vragen wat ze misschien gezien of gehoord hebben. 'Mag ik nog wat vragen?'

'Natuurlijk, kindje. Kom erbij zitten.'

'Ik heb eigenlijk niet zoveel tijd, maar ik wil wel wat vragen. Mijn moeder vertelde dat ene Willem Koek ooit in het huis naast haar woonde. Hebt u hem ook gekend?'

De vrouwen kijken elkaar aan en het is net alsof ze, zonder iets te zeggen, onderling willen afspreken wat ze gaan vertellen. De ene vrouw knikt licht met haar hoofd en de ander gaat wat meer rechtop zitten en kijkt Isa ernstig aan. 'Natuurlijk hebben we hem gekend. Hij was het vriendje van je moeder. Iedereen in het dorp kende hem. Hij was een schat van een jongen. Een echte lieverd. Maar wat hij je moeder heeft aangedaan, dat hebben we hem nooit echt kunnen vergeven. Heeft ze het je nooit verteld?'

Zonder te antwoorden gaat Isa op de lege stoel naast de vrouwen zitten. Het liefst zou ze haar opschrijfboekje tevoorschijn halen, maar dat staat misschien wel heel erg overdreven.

'Wil je het echt weten?' vraagt de vrouw die nog steeds kaarsrecht zit.

Isa knikt.

'Vooruit dan. Iedereen weet toch hoe het is gegaan en het is al zo lang geleden. Willem was het neefje van Adelheid.'

'Adelheid?'

'Zo heet mevrouw Meneer. Of ik moet zeggen, zo héétte ze, want die arme dot is nu in de hemel. Toen Willem een jaar of zestien was, kwam hij bij Adelheid en haar man in huis wonen omdat het thuis niet meer zo goed ging. En Adelheid, die zelf geen kinderen had, was dol op hem. Hij was ook echt een aardige jongen. Heel beleefd, en hij maakte altijd een praatje met iedereen in het dorp. Absoluut een bijzondere jongen. Dat vond je moeder ook.'

'Ze waren zo'n beeldig paar, die twee,' zegt de andere vrouw, die ondertussen haar hele sorbet al opheeft en met een linnen zakdoekje de slagroom van haar mondhoeken veegt.

'Willem heeft heel lang gewacht, en toen je moeder oud genoeg was, net achttien, heeft hij haar ten huwelijk gevraagd.'

Isa's ogen ploppen bijna uit haar hoofd van verbazing. 'Gingen ze trouwen?'

'Ja, dat was de bedoeling. Maar twee weken nadat hij haar vroeg, is hij met de noorderzon vertrokken.'

'Eerder met de zuiderzon,' vult de andere vrouw aan, en ze lacht haar grote witte tanden bloot.

'Ja, hij ging naar Zuid-Amerika, maar dat hoorden wij pas achteraf. Je moeder was ontroostbaar. Die arme snoes. Adelheid heeft haar toen heel goed opgevangen. Die begreep ook niet wat haar neef opeens bezielde. Het ene moment vraagt hij haar ten huwelijk, het andere moment laat hij haar zomaar zitten, zonder ook maar een briefje achter te laten.'

'En toen?'

'Toen ging zij ook weg. Studeren in de grote stad. Niet lang daarna zijn jouw grootouders overleden en daarna hebben we je moeder nooit meer gezien. Van Adelheid hoorden we jaren later nog dat jij was geboren.'

De andere vrouw legt haar hand op Isa's arm en kijkt haar lief aan. 'Wees maar blij dat het zo is gegaan, anders was jij er niet geweest.'

Isa hoort de kerkklok slaan. 'Sorry, maar ik moet gaan.' Snel staat ze op.

'Doe je je moeder echt de groeten van ons?'

Isa belooft het en zwaait nog naar de vrouwen. Wanneer ze de hoek om is, begint ze te rennen. Ze voelt zich licht in haar hoofd. Niet door de hitte of door het hardlopen, maar door alles wat ze net gehoord heeft. Hoe kan het dat haar moeder haar nooit verteld heeft dat ze bijna met iemand anders was getrouwd? En waarom is Willem al zo snel nadat hij haar had gevraagd met hem te trouwen weggegaan? En wanneer is hij dan teruggekomen? Ze had nog wel honderd dingen willen vragen aan die twee vrouwen, maar eerst moet ze naar Jan, die nu in de boomhut op haar zit te wachten.

'Ik was al bang dat je niet meer zou komen.' Jan ligt op zijn buik op het terras van de boomhut en kijkt haar van bovenaf vrolijk aan.

Isa voelt een aanval van OPV opkomen, Ongelooflijk Plotselinge Verliefdheid. Zijn gezicht is in de afgelopen twee dagen bruin geworden door de zon en zijn ogen lijken nu nog groener dan ze al waren.

'Sorry, ik moest iemand spreken. Zal ik boven komen?'

'Niet nodig, Strombolov. Laten we gelijk het huis om gaan spitten.' In drie stappen is hij van de touwladder naar beneden geklommen en springt hij vlak voor haar op de grond. *'Hello, partner.'*

'Hello, sir.' O nee, denkt Isa. Waarom zeg ik nou *sir*? Het was alleen maar grappig bedoeld. Ze heeft wel eens een Engelse politieserie gekeken, samen met haar moeder. Er waren twee inspecteurs, een oudere man en een jonge vrouw, en die jonge vrouw noemde haar collega steeds *sir*. Maar nu klinkt het heel stom.

'Kom je nog?' Jan staat al bij het huis van mevrouw Meneer en hij kijkt haar afwachtend aan.

'Ha, ik zie bloedspetters,' zegt hij, zodra ze in de hal staan.

'Kijk, en daar ligt het lijk.' Isa wijst naar een grote hommel die dood op de stenen vloer ligt.

'Interessant.' Hij pakt de hommel op en houdt hem op zijn vlakke hand voor haar gezicht. 'Kan de bloedspetterexpert iets zeggen over de doodsoorzaak?'

'Ik zal eens kijken of ik een flesje van dat spul bij me heb waarmee ik onzichtbare bloedsporen kan laten verschijnen. Maar ik vermoed dat deze arme hommel gewoon van ouderdom is gestorven.'

'Net als Mémé.' Jan kijkt verdrietig terwijl hij het zegt. 'Ik vind het wel gek om steeds in haar huis te gaan rondsnuffelen. Maar ik ben blij dat je me wilt helpen.'

Isa heeft zin om hem even aan te raken, om te laten merken dat ze het fijn vindt dat hij haar heeft gevraagd. 'Weet je, als ze nog geleefd had, dan hadden we haar gewoon naar je vader kunnen vragen. Ik weet zeker dat ze het niet erg vindt dat we in haar huis zijn. En bovendien, het zijn jouw vader en mijn moeder naar wie we op zoek zijn.'

'Kom, dan beginnen we op zolder.'

De zolder ruikt stoffig, alsof er al tien jaar geen raam heeft opengestaan. Het is er zo warm, dat Isa bijna geen lucht krijgt. 'Kan dat raam open?'

Jan trekt een tuimelraam open en kijkt om zich heen. De zolder staat vol met oude kasten, campingspullen, een paar oude fietsen, een aantal heel lange ski's en stapels verhuisdozen. 'Tja, waar zullen we eens beginnen?'

In de hoek van de zolder ziet Isa een deur die volgeplakt is met stickers. 'Volgens mij moeten we daar zijn.'

Achter de deur is een klein kamertje. De kamer ziet eruit alsof er in jaren niemand meer is geweest. In de hoek staat een kist met stripboeken en ernaast ligt een jas op de grond die daar jaren geleden lijkt te zijn neergegooid. Er staat een ijzeren ledikant met een sinaasappelkistje ernaast. Op het kistje staat een foto in een rode lijst. Nog voor Isa het lijstje heeft opgepakt, weet ze al wie er op de foto staat.

'Kijk,' zegt ze, 'bewijsstuk nummer een.'

'Dat lijk *jij* wel.' Jan kijkt naar de foto van Isa's moeder; ze heeft eenzelfde soort witte jurk aan als Isa aan heeft en haar haren heeft ze in een paardenstaart gebonden, net als Isa.

'Hoe wist je eigenlijk zo zeker dat het mijn moeder was die op die foto stond?'

'Dat heb ik toch al verteld?' zegt Jan. 'Toen ik eenmaal wist dat Willem mijn vader was, ben ik naar foto's gaan zoeken. Bij mijn moeder thuis vond ik niets, dus ben ik hier gaan kijken. Ik vond het gek dat hij op zoveel foto's stond met iemand die niet mijn moeder is, maar omdat Mémé al dood was toen ik die foto's vond, kon ik het haar niet vragen. En aan mijn moeder durfde ik het niet te vragen.' Hij praat snel, bijna zonder adem te halen. 'Maar toen zag ik jou en je moeder en toen wist ik het meteen. En ik wist ook dat jij degene was die ik nodig had om het geheim van mijn vader te ontraadselen.'

'Maar waarom deed je dan zo raar tegen me?'

'Deed ik raar?' Hij kijkt haar verbaasd aan.

'Ja, je deed heel raar.'

'Misschien bén ik wel raar.' Hij trekt een gek gezicht.

Isa moet lachen. 'Luister,' zegt ze, 'ik heb vandaag iets ontdekt.' Ze doet het raam boven het bed open en gaat op het ledikant zitten. Jan gaat naast haar zitten, veel te dichtbij. Isa weet even niet meer wat ze moet zeggen.

'Ik luister.'

Ze haalt diep adem en begint te vertellen.

whatever

Deze detectivetips heb ik van het internet gehaald. Ik heb ze zelf nooit gebruikt, maar ze klinken wel handig. Vooral als je verliefd bent op iemand en meer over hem of haar te weten wilt komen. Of als je een moordenaar zoekt of op zoek gaat naar een verdwenen familielid.

1. Houd een lijst bij van álles wat je ontdekt. Dingen die in het begin niet interessant lijken, kunnen dat later wel blijken te zijn.
2. Zoek altijd eerst op het internet. Typ de naam in tussen aanhalingstekens. Dus: "Isabella Strombolov". Wat je ook kunt doen, is iemands achternaam invullen, gevolgd door een asterisk. Dus: Strombolov*. Google vindt dan heel andere dingen. Je kunt ook zoeken op speciale sites om mensen te vinden, zoals op www.wieowie.nl. Je kunt ook in de telefoongids op het internet zoeken, maar dan moet je wel weten waar iemand woont.
3. Zoek ook op vriendensites als Facebook, Hyves of Netlog.
4. Weet je waar iemand woont of heb je een telefoon-

nummer? Bel dan aan of op. In het eerste geval zeg je dat je oud papier komt ophalen voor je sportclub, in het tweede geval kun je zeggen dat je verkeerd verbonden bent. Je doet dit alleen maar om er zeker van te zijn dat het adres en/of het telefoonnummer kloppen.

5. Typ in Google iemands naam in en klik dan op 'afbeeldingen'. De zoekmachine gaat dan op zoek naar foto's van die persoon.

6. Sommige mensen zijn niet op het internet te vinden. Die heten 'ungoogables' – niet te googelen. Is iemand niet via het internet te vinden, dan staat hij of zij meestal wel gewoon in een papieren telefoongids. Die vind je in grote postkantoren en in de bibliotheek.

7. Weet je waar iemand woont, zorg dan dat je zoveel mogelijk in de buurt bent, zonder zelf al te veel op te vallen. Loop door de straat, ga naar de dichtstbijzijnde supermarkt, maak een praatje met de buurvrouw. Vaak levert het niets op, maar als privédetective moet je soms ook geluk hebben. Dat doe je door te observeren. En observeren kost tijd en geduld.

8. Gebruik de camera op je telefoon om opnames te maken. Een videocamera is nog beter. Doe alsof je sms'jes aan het weggooien bent, terwijl je je 'doel' fotografeert op het moment dat hij of zij langsloopt of -fietst.

9. Verzamel zoveel mogelijk informatie en schrijf echt álles op. Detectives noemen dat 'het opstellen van een profiel'. Waar zit je 'slachtoffer' op school, welke sportclub bezoekt hij of zij, waar woont zijn of haar familie, hoe heten zijn of haar ouders? Waar werken ze? Hoe meer je van je 'doel' weet, hoe beter je zijn of haar gedrag kunt voorspellen. Weet je dat het meisje op wie je verliefd bent elke zaterdagochtend naar ballet gaat? Ga dan buiten op de stoep zitten wachten en zeg: 'Hé, wat doe jij hier?' wanneer ze naar buiten komt. En wil ze weten wat jij op de stoep van haar balletschool doet, zeg dan dat je daar met je moeder hebt afgesproken.
10. Bedenk dat het heel veel tijd kost om iets te weten te komen over iemand. Maar hoe meer tijd je erin steekt, hoe meer het oplevert.

9

'Op weg hiernaartoe heb ik twee oude dames ontmoet die ook op de begrafenis van jouw Mémé waren. Ze vertelden dat jouw vader en mijn moeder zouden gaan trouwen.'

'Pardon?'

'Hij was ouder dan mijn moeder en hij heeft vanaf zijn zestiende een paar jaar bij zijn oom en tante hier in huis gewoond. Mijn moeder en hij hadden iets met elkaar en toen mijn moeder achttien was, heeft hij haar ten huwelijk gevraagd.'

'Dus misschien is hij niet alleen mijn vader, maar is jouw moeder ook *mijn* moeder.'

Isa schrikt. 'Doe niet zo raar.'

'Dan ben jij mijn zus.'

'Luister nou,' zegt Isa, en ze kijkt hem ernstig aan. 'Een paar weken nadat hij haar heeft gevraagd, is hij vertrokken en daarna hebben ze elkaar niet meer gezien. Althans, dat denk ik, want een paar jaar later is ze met mijn vader getrouwd.'

'Je bent wel een heel goede detective, Strombolov.'

'Dank je, Wazowski.'

Jan leunt achterover en haalt een paar keer zijn hand

door zijn haar. 'Dus nu weten we waarom er hier overal foto's zijn van jouw moeder en mijn vader. Maar wat we nog niet weten is wat mijn moeder hiermee te maken heeft,' zegt hij.

'Jouw moeder?'

'Ja, want als hij echt mijn vader is, dan was hij eerst met jouw moeder en daarna met de mijne.'

'Wat een player,' zegt Isa.

Jan plukt aan de deken die op het bed ligt. Een wolkje stof dwarrelt omhoog. 'Toch mist er nog iets. Waarom heeft mijn moeder mij nooit verteld dat Willem mijn vader is?'

'Omdat hij al voor jouw geboorte was overleden? Misschien vond ze het te zielig om je dat te vertellen en heeft ze daarom dat verhaal van die balletdanser verzonnen.'

'Nee,' zegt Jan, 'ik denk dat ze het nooit heeft verteld omdat het een geheim was.'

'Maar wat was dan het geheim?'

'Elke familie heeft een geheim.' Hij zegt het alsof hij een leraar op school is.

'Mijn familie heeft geen geheimen,' zegt Isa.

'Jawel. Want jouw moeder heeft voor jou verborgen gehouden dat ze bijna met iemand anders was getrouwd.'

Het klinkt opeens alsof haar moeder iets heel ergs heeft gedaan. 'Zo erg vind ik het niet, hoor, dat ze dat niet heeft verteld.'

'Nee, ik zeg ook niet dat het erg is, ik zeg alleen dat elke familie een geheim heeft.' Hij loopt nu door de kamer en pakt de jas op die op de grond ligt. 'Ik vind het raar dat ik al die jaren in dit huis kom en dat ik nooit heb geweten dat mijn eigen vader hier heeft gewoond, hier in deze kamer. Misschien was dit wel zijn jas.' Hij trekt de jas aan. Het is een zwartleren jack met brede schouders en een dubbele rij knopen. 'Kijk, hij rookte shag, mijn vader.' Hij haalt een pakje shag uit een van de jaszakken. 'Misschien zit zijn portemonnee er nog wel in.' Hij steekt zijn hand in de binnenzak. 'Moet je nou zien?' Hij houdt een grijze envelop in zijn hand. 'Is dit de naam van je moeder?'

Isa knikt. Ze kan niet begrijpen dat het WWW-project zo eenvoudig is. Het is bijna alsof iemand expres die jas daar heeft neergelegd zodat zij die brieven zouden vinden, maar aan de plek op de vloer te zien ligt die jas daar echt al heel erg lang.

Zo warm als het op zolder was, zo koel is het in de boomhut. Isa heeft alle raampjes opengezet en zit met haar rug tegen de houten wand. Het hout ruikt lekker, vindt ze. Jan zit tegenover haar, de envelop nog steeds ongeopend in zijn hand.

'Zal ik lezen?' vraagt hij.

Het is gek, denkt Isa, dat jongens van zijn leeftijd haar op straat nooit zien staan. Het zijn altijd de andere meisjes die aandacht krijgen. Maar met hem maakt het leeftijdsverschil helemaal niet uit. Hij doet net zo gewoon tegen haar als alle jongens in haar klas. En net zo gewoon als haar beste vriend Jules. Zou hij ook op mij verliefd zijn? Op haar blog had ze geprobeerd antwoord te geven op de vraag hoe je erachter komt of een jongen verliefd op je is, maar in het echte leven is het een stuk ingewikkelder. Bij Tristan duurde het ook eeuwen voor ze doorhad dat hij haar leuk vond.

'Liefste.'

Isa schrikt op uit haar gedachten. Heeft ze het goed verstaan? Zei hij 'liefste'? Kan hij gedachtelezen? En vertelt hij haar nu dat hij haar net zo leuk vindt als zij hem? Heeft hij ook een aanval van Ontzettend Plotselinge Verliefdheid? Ze zet haar handen plat op de grond. Ze voelt zich week worden. Als ze niet stevig op de grond zou zitten, zou ze nu omvallen. *Liefste, hij noemt mij liefste. Deze ongelooflijk mooie jongen met zijn zeegroene ogen en zijn zwarte haar. Met zijn fantastische lach en zijn onweerstaanbaar aantrekkelijke Janheid.* Ze grinnikt. Ze heeft zojuist een nieuw woord uitgevonden.

'Ik heb me voorgenomen je een brief te sturen voor de dagen dat ik er niet ben.' De stem van Jan klinkt hard en serieus. Heel anders dan toen hij haar liefste noemde.

'Wat zeg je?'

'Ik lees de brief voor.' Hij zegt het een beetje kribbig.

Met een grote klap valt Isa terug op aarde. *Dames en heren, we zijn zojuist veilig geland op luchthaven Boomhut. Houdt u uw veiligheidsriemen om zolang de waarschuwingslampjes branden.* 'Sorry,' zegt ze. 'Ik luister.'

Ik schrijf je deze brieven nu. Dan heb je toch nog iets te lezen, ook al ben ik straks ver weg. Je moet wel geduld hebben, want mijn bedoeling is dat je er één per dag leest en niet allemaal achter elkaar, zoals ik dat zou doen. Maar jij bent geduldig, dat weet ik. Het horloge dat je me voor mijn verjaardag gaf heeft me geweldig door de eerste dagen na ons afscheid geholpen. Nu kan ik zien hoeveel uren we van elkaar gescheiden zijn. Nooit zal ik meer naar dat horloge kijken zonder even aan jou te denken. Ik moet zeggen: ik mis je wel, hoor.

Vanuit mijn hangmatje in de zon denk ik aan het moment waarop ik je voor het eerst zag, al weer zo lang geleden. Het was vlak voor ik bij mijn oom en tante ging wonen. Ik stond te praten op een schoolfeest met wat vrienden en toen zag ik jou. Je stond daar helemaal alleen, zo leek het. Ik keek naar je vanaf een metertje of vier en ik vond je er zo leuk uitzien. Je leuke gezicht, je lange haar, iets in de manier waarop je daar stond en wat ik herkende. Ik herinner me ook nog dat ik mijzelf streng toesprak, dat ik tussen al die veel leukere jongens natuurlijk geen enkele kans maakte bij jou. Het had niet zoveel gescheeld of ik was gewoon langs je gelopen. Je zou het niet eens gemerkt hebben. Maar toen ik toch moedig genoeg bleek – jongens zijn niet zo dapper, hoor – ontdekte ik dat je helemaal niet alleen was. Vera stond gewoon naast je, in jouw schaduw. Het liefst had ik elk woord dat je toen tegen me sprak opgeschreven, nu kan ik me er helaas weinig meer van herinneren. Sindsdien droom ik over het moment waarop ik je voor het eerst zag en je nog niet wist dat ik naar je keek en wij geen van tweeën wisten wat een gekkigheid ons nog te wachten stond. Morgen nog een brief. W.

'Wat een mooie brief.' Isa kijkt naar Jan alsof hij de brief zelf heeft geschreven. Hij las het zo prachtig voor, dat het bijna leek of hij het echt tegen haar had. De gekkigheid die hun nog te wachten stond. Die Willem had eens moeten weten hoe gek het nog zou gaan worden. In de verte hoort Isa de kerkklok drie keer slaan. 'O, ik moet gaan.' Ze schikt ervan dat het al zo laat is.

'Er zitten nog meer brieven in.' Hij geeft haar de envelop. 'Als je wil, mag je ze in de trein wel lezen.'

'Weet je zeker dat je ze niet eerst zelf wilt lezen?'

Hij schudt zijn hoofd. 'Nee, ze zijn voor jouw moeder.'

'Ja, maar geschreven door jouw vader.'

'Ga maar.' Hij steekt zijn hand uit om haar omhoog te hel-pen. 'Kom je nog een keer terug voor de rest van ons onder-zoek?'

Hij lijkt bijna verlegen, denkt ze. Waarom zouden jongens van zijn leeftijd nou verlegen zijn?

'Maak je geen zorgen, Wazowski. Er liggen hier nog een he-leboel bloedsporen. Misschien dat ik morgen terugkom om met van dat speciale gele tape de buurt af te zetten.'

'Zo ken ik je weer, miss Strombolov.'

Aan: Izzy@izzylove.nl
Onderwerp: Verliefd

Hé Izzy,
Ik heb hulp nodig. Ik denk namelijk dat er een meisje op mij
verliefd is, maar ik weet het niet zeker. Ik durf het ook niet
gewoon te vragen: 'Hoi, mag ik jou wat vragen? Ben jij verliefd
op mij?' Dat is niet echt subtiel, dus dat ben ik niet van plan.
Op schoolkamp had ik heel sterk het gevoel dat ze mij wel
leuk vond, maar nu we weer terug zijn op school, is dat weer
minder. Ik weet gewoon niet goed wat ik moet doen.

Seppe

Aan: seppe@seppesevader.com
Onderwerp: Re: Verliefd

Seppe,

Het is altijd moeilijk om te weten wat een ander voor jou voelt. Het staat helaas niet op iemands voorhoofd geschreven (was het maar zo makkelijk). Maar vaak kun je het wel aan allerlei kleine dingen merken. Als zij veel naar je lacht, jou speciale aandacht geeft, vaak naar je kijkt, steeds bij jou in de buurt probeert te zijn. En vaak zegt je gevoel ook wel wat er aan de hand is. Maar het kan ook zijn dat jij haar heel leuk vindt en daarom hoopt dat zij jou net zo leuk vindt. Dan zie je al haar gedrag heel anders. Een glimlach is dan al een halve liefdesverklaring. Maar als je goed oplet en je hart zegt dat zij jou echt leuk vindt, dan is het waarschijnlijk ook zo. Maar dat ze je leuk vindt, betekent natuurlijk nog niet dat ze ook verkering met je wil. Probeer dus eerst uit te zoeken of ze je écht leuk vindt en probeer haar daarna te versieren. Vraag of ze zin heeft om een keer friet te gaan eten, naar de film te gaan, te voetballen, nou ja, wat dan ook. Of vraag of ze even je heel zware tas (met al je schoolboeken en dertig woorden-boeken) voor je wil dragen... Als ze dat doet, moet ze wel verliefd op je zijn ☺. En als je het dan nog niet weet, dan kun je altijd nog zeggen: 'Hé, ben je verliefd op mij?'

IzzyLove

10

Isa ligt in de hangmat achter in de tuin wanneer haar moeder thuiskomt. Al bijna een uur lang ligt ze daar en ze kijkt naar de lucht die onwaarschijnlijk blauw is. Nooit eerder is het haar opgevallen dat de lucht zo fel van kleur kan zijn.

'Wat lig je daar heerlijk, lieverd,' zegt haar moeder.

Isa kijkt naar haar moeder en ze voelt zich schuldig dat ze alles wat ze doet, geheim moet houden voor haar. In de trein heeft ze de liefdesbrieven die Willem aan haar moeder schreef keer op keer gelezen. En liefdesbrieven zijn het, want nergens valt uit op te maken dat hij haar zojuist verlaten heeft. Hij zegt alleen maar aardige dingen.

'Heb je nog iets leuks gedaan vandaag?'

Ja, gaat het door Isa's hoofd. *Herinner je je nog die Willem Koek naar wie ik je vorige week vroeg? Ik ben er vandaag achter gekomen dat je bijna met hem was getrouwd. Later heeft hij met je buurmeisje Vera een kind gekregen. Vanmiddag heb ik met hun zoon de brieven gevonden die hij ooit aan jou heeft geschreven en die heb ik in de trein lekker zitten lezen. Maar verder was het eigenlijk een heel gewone dag. Nou ja, behalve dan dat ik smoorverliefd aan het worden ben op de zoon van jouw ex-verloofde.*

'Niks bijzonders. Een beetje geluierd.'

'Ik heb een verrassing voor je,' zegt haar moeder. 'Omdat Max elke dag met zijn vriendjes naar het zwembad gaat en ik het zo zielig vind dat jij hier dan alleen thuiszit, heb ik morgen een dagje vrij genomen. Gaan we gezellig met z'n tweetjes iets doen. Hopelijk is het morgen ook zulk lekker weer, dan kunnen we naar het strand. Op het nieuws hoorde ik dat de scholen nog wel even dicht blijven.'

'Ja leuk,' zegt Isa afwezig.

'Je klinkt helemaal niet enthousiast.'

'Sorry, het lijkt me echt heel leuk. Dank je wel.'

'Misschien kunnen we met de trein gaan. Kinderen van jouw leeftijd zijn zo verwend, die gaan alleen nog maar met de auto. Mijn ouders hadden vroeger niet eens een auto. Wij gingen altijd met de trein.'

Isa voelt dat ze een kleur krijgt. 'Mag ik nog heel even op je computer?'

'Heb je daar niet al de hele dag achter gezeten?'

'Nee, echt niet,' zegt Isa, en nu spreekt ze gelukkig de waarheid, 'ik heb vandaag geen computer aangeraakt.'

Op haar weblog beantwoordt ze brieven van lezers. Maar hoewel ze haar best doet om hun problemen op te lossen, is ze er met haar hoofd niet echt bij. Er is iets met de liefdesbrieven wat niet klopt. Een heel klein puzzelstukje dat ze over het hoofd ziet. Hoe vaak ze de brieven ook heeft gelezen, het lijkt alsof er iets mist. Waarom schreef hij zulke mooie en lieve brieven als hij haar zo plotseling in de steek had gelaten? Ze zoekt op het internet naar liefdesbrieven.

LOVE

Alle grote schrijvers hebben brieven geschreven naar hun geliefden. Heel veel van die brieven zijn bewaard gebleven en soms zijn ze jaren nadat de schrijvers ervan overleden waren, als boek uitgegeven. Isa houdt haar handen voor haar ogen. De enige manier om een raadsel op te lossen is door heel hard na te denken. Had Cato haar niet geschreven dat ze een onoplosbaar wiskundeprobleem had opgelost? En dat schreef ze al toen ze nog maar een dag op dat wiskundekamp was. Zo onoplosbaar was het dus niet. Zelfs het allermoeilijkste probleem kun je oplossen. Een tijdje geleden had ze op televisie gezien dat drie scholieren een eeuwenoud rekenraadsel hadden opgelost. Twee eeuwen lang hadden de slimste wiskundigen van de wereld gezocht naar de oplossing. Een meisje van vijftien en twee jongens van zeventien hadden het magische vierkant, zoals het raadsel heette, in een middagje opgelost. Nou ja, misschien waren ze er wel een paar middagen mee bezig geweest. Dus hoe moeilijk kan het zijn, denkt Isa, om het raadsel van de brieven op te lossen. Alleen is dit een omgekeerd raadsel. Het antwoord heeft ze namelijk al, de brieven, maar de vraag, het probleem ontbreekt.

Boven op haar kamer haalt ze haar Chinese boekje tevoorschijn. De vraag 'Wie was Willem' heeft ze beantwoord. Zo moeilijk was dat niet. Je kunt alleen een raadsel oplossen als je goede vragen stelt. En om een goede vraag te stellen moet je eerst alles opschrijven wat je al weet. Zelfs de simpelste dingen moet je opschrijven.

Willem is vertrokken naar Zuid-Amerika
Willem heeft brieven achtergelaten voor mijn moeder
De brieven zaten in de jaszak van Willems jas (als dat inderdaad
Willems jas was)
De brieven zijn liefdesbrieven
Waarom zaten die liefdesbrieven in die jaszak?

Terwijl ze de laatste vraag opschrijft, klinkt de stem van de vrouw bij de ijssalon in haar hoofd. 'Zonder een briefje achter te laten', had ze gezegd. Op dat moment leek die zin helemaal niet belangrijk, maar nu ze hier zit, met een envelop vol brieven, valt het laatste puzzelstukje precies op de goede plek. Hij heeft *wel* een briefje achtergelaten, drie zelfs. Maar als die brieven in zijn jaszak zaten, dan heeft mijn moeder ze nooit ontvangen!

Isa wil in de lucht springen van opwinding. Wat roep je ook al weer op zo'n moment? Eureka, ik heb het gevonden!

Haar handen bibberen een beetje wanneer ze de brieven uit de envelop haalt. Het papier is spierwit en er zit geen vlekje op. Als haar moeder deze prachtige brieven had gekregen, dan had ze ze zeker net zo vaak gelezen als zij. Dan had ze gehuild en waren er tranen op gevallen waardoor de inkt was gaan vlekken. Dan had ze met haar klamme handen vlekken op het papier gemaakt en de brieven zo vaak uit de envelop gehaald, dat ze na twintig jaar bijna niet meer te lezen zouden zijn geweest. Isa kijkt naar het handschrift. Prachtige krulletters zijn het, in donkerblauwe inkt, alsof ze gisteren op het papier zijn gezet. En hij heeft die brieven niet geschreven toen hij al op reis was, zoals ze eerst dacht, maar vlak voor hij vertrok. Snel pakt ze de eerste brief en kijkt naar de eerste zin. Hoe heeft ze dáár overheen kunnen lezen? *Ik schrijf je deze brieven* **nu**. *Dan heb je toch nog iets te lezen, ook al ben ik* **straks** *ver weg.* Ze leest de brieven nog een keer en ze ziet nu dat hij zegt dat hij de brieven heeft achtergelaten – en dus niet verstuurd. Maar als hij deze brieven aan haar moeder heeft geschreven, waarom lagen ze dan op zijn kamer?

Liefste,

Gefeliciteerd, je hebt de brief van vandaag niet gisteren al gelezen. Maar je bent wel benieuwd waarom ik deze brieven voor je heb achtergelaten. Ik kan niet anders, daarom. In de Zuid-Amerikaanse droomwereld waarin ik mij bevind, is alles mogelijk. En al tikt het horloge de minuten weg, ik heb alle tijd van de wereld. Soms zit ik hier op het strand, met mijn hoofd onder een tropisch boompje en met mijn benen in de tropische zon. Een ober heeft allang een derde en ook een vierde karaf met wijn gebracht, die benen van mij kunnen straks allang niet meer lopen. 'Mooi zijn de omwegen van de liefde,' schreef een beroemd dichter eens, 'al leiden ze meestal tot niets.' Maar in mijn droomwereld ben ik mijn eigen koning en niet de dode dichter. Zo! Het was de langste dag van het jaar, toen het maar niet donker wilde worden en ik je in onze boomhut ten huwelijk vroeg. Maar dat is al weer dagen geleden, al lijkt het wel

een jaar. 'Met zoveel liefde heb ik van jou gehouden, dat
nu ik bijna je vergeten ben, het een liefkozing der lippen is
gebleven, je naam te zeggen als ik eenzaam ben.'
Die laatste zin is ook van de dichter. Met als verschil dat
ik jou helemaal niet bijna vergeten ben. Integendeel, ik
weet nog precies wie je bent. Morgen nog een brief!
W.

Liefste,

Wist je dat er overal muziek is in deze stad? En niet
zomaar muziek, maar gewoon jouw lievelingsmuziek. Jouw
muziek klinkt op elke straathoek. Toch moet ik huilen elke
keer dat ik het hoor. Gelukkig draag ik mijn zonnebril, en
stap ik voort door de stad in plasjes traan. Soms spat er een
traan op en laat ik voorbijgangers in verbazing achter, over
waar zoveel water vandaan komt op een warme dag als deze.
Ik stel me voor dat we samen door het park lopen en je mij
vertelt over de jaren dat ik je niet kende. Het zijn er veel.
Ik vertel je dat als we ooit uit elkaar zouden gaan, mijn
ijzersterk gestel het direct zou begeven. Ik had je dat
natuurlijk nog helemaal niet verteld, dat ik kan dromen
over de dag dat we weer samen zijn en dat ik die dag ook
liever alleen maar droom, omdat juist die gedachte mij
raakt op de meest gevoelige plek van mijn ziel. Wanneer
ik er alleen al aan denk, word ik overvallen door weemoed.
Een levensgevaarlijke combinatie van verdriet en liefde.

LOVE

Vandaag is de derde dag dat je mij leest. Ik vind je zo prachtig en het spijt me dat ik wegga, maar ik kan niet anders. Ik zoen je lieve gezicht, in gedachten, en hopelijk niet voor de allerlaatste keer! Morgen nog een brief.
W.

Aan: Izzy@izzylove.nl
Onderwerp: verliefd op een meisje

Hoi Izzy,

Ik ben verliefd op een meisje, maar zij is niet op mij. Ze zegt dat ik niet haar type ben, maar ze kijkt naar me alsof ze me wel heel leuk vindt. Ik doe altijd zo dom als ik bij haar in de buurt ben. Dan zeg ik dat ik niet op haar ben, maar dat ben ik wel. Of, ik dénk dat ik verliefd op haar ben, want ik weet het niet helemaal zeker. Hoe kan ik haar vergeten?

Xxx Charlotte

PS Ze zit bij mij in de klas dus ik ben steeds dichtbij.

Aan: Lotje@lotuitdeloterij.be
Onderwerp: Re: verliefd op een meisje

Lotje, waar het eigenlijk om gaat – en daar gaat het heel
vaak om in de liefde – is dat je niet weet wat jij precies
voelt en wat die ander voelt, en als een van de twee
verliefd is of misschien wel allebei, wat dan de volgende
stap is. Maar stel dat de liefde in plaats van heel lastig
en heel ingewikkeld, heel makkelijk en voorspelbaar zou
zijn, dan zou er niks aan zijn. Dan zou je op een dag
een brief krijgen waarin stond: 'Beste Huppeldeflup,
wij delen u mede dat Happeldeflap-zo-en-zo verliefd
op u is. Happeldeflap wil graag verkering met u. Vul in
wat uw antwoord is: a. Ja, ik ben ook op Happeldeflap,
b. Wie is Happeldeflap, nooit van gehoord! c. Ik wil
graag wel/geen verkering.' Ik kan je wel verklappen
dat daar helemaal niks aan is. Het leuke van de liefde
is alle onzekerheid. Bén jij wel op haar, is zij wel op jóú?
Om dat uit te zoeken moet je gewoon je hart volgen en
heel veel moed hebben. Durf haar te zeggen wat jij voelt
en durf haar te vragen wat zij voelt. En vraag dat niet
wanneer al haar vriendinnen erbij zijn, want misschien
vindt ze het wel eng dat er een meisje verliefd op haar is
(dat is ook heel eng, brrr, haha, net zo eng als wanneer er
een jongen verliefd op je is). Alles komt altijd vanzelf goed,
maar je moet wel durven. En ook durven om naar jezelf te

luisteren, want vaak weet je heel diep vanbinnen precies wat je voelt.

IzzyLove

11

'*I know you want me, you know I want you, I know you want me, you know I want you!*' Het liedje is het eerste wat Isa hoort wanneer ze wakker wordt. De diskjockey op haar wek-kerradio zingt mee, *one, two, three, four*, en roept dan: '*It's hooooooooooot.*' Daarna klinkt de serieuze stem van de nieuws-lezeres: 'De landelijke vereniging van schoolbesturen heeft de docenten in een spoedoverleg gisteravond verzocht om het werk zo snel mogelijk weer op te pakken. In het noorden van het land zijn scholieren en hun ouders de straat op ge-gaan om hun eisen kracht bij te zetten. Zij eisen dat de scho-len direct weer opengaan. De minister van Onderwijs spreekt vandaag met een afgevaardigde van de vakbond van onderwijzers.'

Je zult maar zulke ouders hebben, denkt Isa. Ze moet er niet aan denken dat haar ouders met haar de straat op gaan om te protesteren tegen de stakers. Ze ziet zichzelf al een spandoek schilderen met de tekst DE SCHOLEN MOETEN OPEN. En haar vader en moeder die dan met fluitjes en ratels ach-ter haar lopen. Nee, dan haar moeder, die neemt gewoon een dag vrij om iets leuks te gaan doen.

'Zo, bevalt het nog een beetje, dat luieren?' Haar vader

staat in zijn nette pak in haar kamer. Ze heeft hem niet eens horen binnenkomen.

'Wat zie jij er grappig uit.' Haar vader heeft meestal een spijkerbroek en een T-shirt aan en alleen heel soms een wit overhemd.

'Ja, ik heb deze week een belangrijke klus. Maar ik hoorde van je moeder dat jullie vandaag iets leuks gaan doen. Ik ben jaloers.'

'Dan neem je toch ook vrij?'

'Als dat zo makkelijk zou gaan... Misschien moet ik ook maar eens gaan staken.' Hij geeft haar een zoen. 'Ik hoop dat mijn meisjes heel veel plezier hebben vandaag. Tot van-avond, Izzybizzy. Geen gekke dingen doen, hoor.'

'Ga nou maar,' zegt Isa, die snel nog een berichtje naar Jan wil sturen. Haar vader zou eens moeten weten wat voor gekke dingen ze allemaal doet.

Op de pagina van Jan staan een heleboel foto's. Ze klikt ze een voor een aan en begint daarna weer opnieuw. Ze zou wel uren kunnen kijken naar al die plaatjes. Op elke foto staat hij weer even leuk. Ze leest de berichtjes die zijn vrienden voor hem hebben achtergelaten. Ze noemen hem allemaal 'gast' of 'gozer'. Isa haat mensen die 'gozer' zeggen. Hij is geen gozer, hij is Jan. In een opwelling klikt ze op het hartje onder zijn naam. Dan weet hij dat iemand een *crush* op hem heeft. Zelf is Isa maar één keer *gecrusht*. Als je raadt wie er achter de anonieme liefdesverklaring zit, krijg je de naam van je geheime aanbidder te zien. Maar ze had het fout. Ze had toen tevergeefs gehoopt dat het Tristan was.

Nu ze toch op Jans pagina zit, kan ze hem ook wel vertellen wat ze heeft ontdekt.

Berichttype: Privébericht
Aan: J@n
Onderwerp: Brieven

Hé azoski, ik heb de brieven gelezen. Ze zijn echt prachtig. Hij kon el schrijven, die vader van jou. Maar ik heb ook ontdekt dat mijn moeder ze nooit heeft gekregen. Ik denk echt dat die brieven al tintig jaar in de jaszak van je vader zitten. Misschien kun jij vandaag nog een keer kijken op zolder om er zeker van te zijn dat het echt zijn jas is. Ik kan vandaag helaas niet naar je toe komen. Ik ga zemmen met mijn moeder (en haar uithoren!!!!) Ik mail je vanavond. Strombolov.

Op haar homepage ziet ze dat Cato iets heeft geschreven.

IzzyLove ♡ (2259)   reageer
gisteren, 20:15   verwijder

Izzy, het is hier geweldig! Behalve dan dat de wiskundegriezel bij wie we logeren al onze mobieltjes heeft afgepakt. Maar ik vind niks meer erg want er zijn hier echt heel coole boys. Je moet even door die nerdy kapsels heen kijken en die suffe spencertjes, maar dan zijn ze echt heel grappig. Nooit

geweten dat ik zo'n kamp nog leuk zou gaan vinden. Ik moet nu snel afsluiten, want we mogen niet op onze privémail van de wiskundedictator. Morgen nog een berichtje.
I love youuuuuuu. K-to.

Isa sluit haar laptop en trekt haar korte spijkerbroek en een topje aan. Het wordt vandaag een geweldige dag, ze weet het zeker. Ze kan alleen nog maar glimlachen. Het is zo heerlijk om verliefd te zijn. Verliefd op het leuke leven dat ze heeft. Verliefd op de jongen die ze eerst zo verschrikkelijk stom vond en nu zo verschrikkelijk leuk. Sinds ze hem *gecrusht* heeft, is ze officieel verliefd.

'*Oui, je t'aime, je t'aime, je t'aime.*' Isa hoort haar moeder hard zingen in de keuken.

'Goedemorgen, liefje.'

'Hoi, mam.'

'Wat zie jij er lekker zomers uit. Ik heb een heel goed plan bedacht voor vandaag. Ik weet een heel leuk meertje in een natuurgebied waar je roeiboten kunt huren. Dan nemen we een picknickmand mee en varen we naar een van de eilandjes die je daar hebt. Lijkt het je wat?'

'Kun je er ook zwemmen?'

'Natuurlijk. Haal je zwemspullen en de zonnebrandcrème maar. Ik smeer nog even wat boterhammen en dan kunnen we gaan. *I could make you happy, make your dreams come true...*'

'Hé,' zegt Isa, 'dat is die zangeres van de radio, Adele.'

'Nee, dat is een liedje van Bob Dylan.'

'Aaargh.' Isa doet alsof ze haar vinger in haar keel stopt. Het is al erg genoeg als je een zingende moeder hebt, maar een moeder die de hele dag 'kots-Bob' zingt, zoals ze hem noemt...

'Die zangeres zingt het veel mooier.'

'Mooier dan ik?' vraagt haar moeder lachend.

'Ja, dat ook, maar ik bedoel mooier dan Bob.' Ze spreekt zijn naam uit met een plofgeluid alsof ze moet overgeven.

Eenmaal in de auto heeft Isa er spijt van dat ze haar iPod niet heeft meegenomen. De Bob-ellende is namelijk nog niet af-gelopen. In de auto heeft haar moeder namelijk ooit een cd van hem in de cd-speler gestopt, terwijl er nog een andere cd in zat. Sindsdien krijgt ze geen van de cd's er meer uit en kunnen ze in de auto alleen nog naar kots-Bob luisteren.

'*I wasn't born to lose you. I want you, I want you. I want you so bad. Honey, I want you, lalalalala, I want you, lalalalala, honey, I want you.*'

Haar moeder zingt de liedjes luidkeels mee. Isa vraagt zich af of dit de lievelingsmuziek is waarover Willem Koek het in zijn brief had. De muziek die hij op elke straathoek hoorde.

'*If not for you, lalalala,*' zingt haar moeder.

Isa moet lachen omdat haar moeder altijd de tekst vergeet, ook al luistert ze nu al een jaar naar dezelfde cd. Ze zet de airco wat hoger en kijkt naar buiten. Overal langs de weg staan felgekleurde bloemen. Ze rijden langs een weiland met koeien. Hun staarten zijn net zo zwart als het haar van Jan, denkt Isa. 'Het lijkt hier wel een beetje op jouw oude dorp.'

'Hè, get, nee zeg.'

'Waarom vind je het daar niet leuk?'

'Ik vond het er wel leuk, maar ik was ook heel blij toen ik er weg kon.'

'Maar het is er toch heel mooi? Ik zou er best kunnen wonen.'

'In geen honderd jaar.'

Isa vraagt zich af of haar moeder ook zo over haar dorp zou praten als ze de brieven van Willem wél had gekregen. Als hij ze niet zo stom in zijn jaszak had laten zitten.

'Woonde je er nog toen die Willem doodging?' Isa probeert het bibberen van haar stem tegen te houden, maar het lukt niet goed.

'Waarom vraag je dat?' Haar moeder zet de muziek uit en kijkt haar aan.

'Zomaar. Ik heb zijn foto toch gezien? En toen zei je dat hij dood was. Ik ben gewoon benieuwd. Ik zou het heel erg vinden als Jules bijvoorbeeld dood zou gaan. Ik zou het sowieso vreselijk vinden als iemand die ik ken dood zou gaan.'

'Ah, we zijn er.'

Haar moeder luistert niet. Isa vraagt zich af of ze überhaupt wel heeft geluisterd. De auto staat op een parkeerterrein waar geen enkele andere auto staat. ROEIBOTENVERHUUR staat er op een handbeschilderd bordje.

De man van de botenverhuur lijkt verbaasd wanneer ze het kantoortje binnenkomen. 'Ah, volk,' zegt hij, en hij drukt zijn sigaar uit in een bruine glazen asbak.

'Kunnen we voor een paar uur een boot huren?' Isa's moeder vraagt het op haar allervriendelijkst. Dat is wel nodig ook, want de sigarenman ziet eruit alsof hij liever niet opstaat uit zijn leren draaistoel.

Zonder iets te antwoorden wijst hij op een bord dat boven zijn hoofd hangt.

'En moeten we borg betalen?'

'Honderd euro, maar als u de boot netjes terugbrengt, dan krijgt u die ook weer netjes van mij terug. Zo zijn wij hier.'

Aan de muur van het kantoortje hangt een ingelijste oorkonde. BESTE WATERSPORTVERENIGING VAN 1976 staat erop. In de hoek staat een witte vrieskist. Daarboven hangt een verkleurd kartonnen bord met afbeeldingen van ijsjes. Iemand heeft met een rode viltstift een kruis door alle ijsjes gezet.

'Ik zal met de dametjes meelopen om de boot van de ketting te halen,' zegt de man, die met duidelijke tegenzin opstaat. 'Als de dametjes mij willen volgen?'

Buiten haalt hij een grote bos sleutels tevoorschijn en zoekt tot hij de sleutel heeft gevonden om de deur achter zich op slot te doen.

'Alsof er hier iets te stelen valt,' fluistert Isa's moeder.

'Heb je die mooie vrieskist niet gezien? Dat ding is een fortuin waard,' zegt Isa.

Sigarenman staat op de steiger en wijst naar een ijzeren roeiboot met twee houten bankjes. 'Daar ligt het hoosblik; als de bak lekt, dan moet je even hozen. En u betaalt per uur, maar jullie mogen zo lang wegblijven als jullie willen. Ik sluit de tent alleen wel om zes uur. Dus als jullie te laat zijn, dan zien jullie mij morgenochtend om acht uur pas weer. Maar dan komt er wel veertien uur extra huur bij.' Hij lacht hard om zijn eigen grap.

'Wat een aardige man,' zegt Isa's moeder wanneer ze van de steiger weg roeien.

'Nou, wat een schatje.'

'Vergeet je je niet in te smeren, lieverd, want je kunt op het water lelijk verbranden.'

'Hoe zat het nou met die Willem?' Isa zit op het bankje terwijl haar moeder roeit.

'Hij was een tijdje mijn vriendje.'

'Echt?' Ze probeert verbaasd te klinken, maar ze klinkt eerder opgelucht.

'Kijk,' zegt haar moeder, en ze laat even de roeispanen los, 'daar ligt het eiland waar we gaan zwemmen. Daar mag je me alles vragen wat je maar wilt.'

liefdesverhalen

Mijn moeder las me vroeger dit sprookje – Bontepels –
van de gebroeders Grimm altijd voor en dan zei ze dat
sprookjes altijd een wijze les hadden. De les van dit
sprookje was volgens haar dat je je in de liefde nooit
moest laten misleiden door de buitenkant, omdat je aan
de buitenkant niet kunt zien hoe mooi iemand
vanbinnen is.

Bontepels

Er was eens een koning die op een dag verliefd werd op
een vlammend mooi meisje. Ze had onwaarschijnlijk
mooie ogen en blonde lokken, helemaal tot op haar
billen. De koning viel als een blok voor haar en hij wilde
niets liever dan met haar trouwen. Maar hij was zo
zenuwachtig, dat hij niet uit zijn woorden kwam.
Gelukkig begreep het wondermooie meisje allang waar
de koning op uit was en dus knikte ze ja, nog voor hij
iets had gevraagd. Ze trouwden en leefden niet lang,
maar wel gelukkig.

Op een dag werd de jonge koningin namelijk heel erg ziek. Zo ziek, dat ze bijna geen lucht meer kreeg. De dokter werd erbij gehaald en die wist te vertellen dat ze niet lang meer zou leven. De koning ging naast haar zitten en hield haar hand vast, elke dag en elke nacht. Zoveel hield hij van haar. En het gekke was dat hoe ziek ze ook was, ze bleef even mooi. Op haar laatste levensdag lag ze tussen haar witte zijden lakens te schitteren en ze zei: 'Als ik straks dood ben, dan moet je opnieuw trouwen met een meisje dat net zo mooi is als ik. Een meisje met goudblonde lokken helemaal tot op haar billen.' De koning schudde met zijn hoofd.
'Ik wil helemaal niet trouwen met een ander meisje. Andere meisjes zijn stom en lelijk.' Zijn vrouw kuste zijn hand en zei: 'Er is vast ergens een meisje net zo mooi en lief als ik. Maar ze moet goudblonde lokken hebben, helemaal tot op haar billen. Beloof je me dat?'
De koning beloofde het. Diezelfde nacht stierf de koningin.

Maanden gingen voorbij en de koning dacht alleen nog aan zijn dode vrouw. Regeren deed hij allang niet meer. Hij zat op zijn troon en staarde somber voor zich uit. Hij was zo verdrietig, dat hij niet eens meer kon huilen. Maar hij kon ook niet lachen en niet praten en ook al niet goed slapen. Waar hij ook keek, hij zag alleen maar de kleur grijs, overal om hem heen. De paleisdokter werd erbij gehaald, maar die wist niet wat hij ermee aan moest. Toen kwam de paleispsycholoog. Die zag meteen wat er aan de hand was. 'De koning,' zo sprak de paleispsycholoog, 'is depressief.'

Om de koning op te vrolijken haalden zijn ministers wat leuke vrouwen naar het paleis. Maar daar werd de koning alleen maar somberder van. 'Ik ga pas weer regeren als ik een nieuwe vrouw heb. Maar dan moet ze wel net zo mooi zijn als mijn overleden vrouw,' zei hij, 'anders trouw ik niet. En ze moet goudblonde lokken hebben, helemaal tot op haar billen.'

De ministers, die heel graag wilden dat de koning weer vrolijk genoeg zou worden om het rijk te regeren, zochten het hele land af naar een vrouw die net zo mooi was als de overleden koningin, maar ze kwamen tot de conclusie dat die niet bestond. 'Nou, dan trouw ik niet,' zei de koning, en hij trok een deken over zijn hoofd.

Op dat moment kwam de dochter van de koning het paleis binnen. 'Kijk nou,' zeiden de ministers, 'ze is net zo mooi als haar moeder. Hij moet met haar trouwen.' De prinses keek met haar prachtige ogen verschrikt naar de ministers. 'En ze heeft goudblonde lokken, helemaal tot op haar...'

De prinses trok de deken van het hoofd van haar vader en zei: 'Pap, zeg dat ze gek zijn. Ik ga echt niet met jou trouwen, hoor.'

'Ik weet het allemaal niet meer,' zei de koning. 'Het leven heeft voor mij niet zoveel zin meer.' En met die woorden trok hij de deken weer over zijn hoofd.

De ministers gingen toen in een kring om de prinses heen staan. De oudste zei: 'Je moet met hem trouwen, want er is niemand zo mooi als jij.'

'Oké,' zei de prinses. 'Maar onder vier voorwaarden.'

'Nou, vooruit dan maar,' zeiden de ministers.

'Ik wil een jurk zo goud als de zon, eentje zo zilver als de maan en een derde zo schitterend als de sterren. En ik wil een jas gemaakt van de huid van elke diersoort in dit koninkrijk.'

Natuurlijk dacht de prinses dat zoiets onmogelijk was, maar de ministers waren zo ten einde raad dat ze hun jagers op pad stuurden om die arme dieren te doden voor de jas en ze riepen de beste kleermaaksters van het koninkrijk bij elkaar om de jurken te maken.

Toen de prinses de volgende dag haar jas en jurken zag, wist ze dat ze niet meer onder dat idiote plan van de ministers uit kon komen. Behalve... behalve als ze zou vluchten. Zonder tijd te willen verliezen trok ze over haar nachtjapon haar gekke bontjas aan, propte de jurken in een koffer en rende op blote voeten het paleis uit. Ze rende zeven dagen zonder te eten en zonder te drinken. Toen ging ze in een holle boom zitten om uit te rusten.

En net op dat moment kwam er een lakei van een andere koning langs. 'Dat is een gek dier,' dacht hij. 'Zo'n vacht heb ik nog nooit gezien. Het lijkt wel een kruising tussen een hert en een konijn en een schaap en een koe en een cavia.' Hij wilde het rare dier vangen met een touw, maar toen zei de prinses: 'Ik ben een arm meisje zonder vader en moeder, help mij.' De lakei keek naar het verhongerde meisje op blote voeten en met modder op haar gezicht en hij zei: 'Misschien dat ik een baantje voor je heb in de paleiskeuken. Onze koning houdt nogal van lekker eten en er kan altijd wel personeel bij in de keuken.' En zo werd de prinses een keukenmeisje in een wildvreemd paleis. Maar vanbinnen bleef ze natuurlijk een prinses.

Op een avond werd er een groot feest gehouden in het paleis waar ze nu woonde. Er woonde daar ook een jonge koning die nog steeds vrijgezel was en veel feesten gaf in de hoop een leuke prinses aan de haak te slaan. De keukenprinses hoorde de muziek en vroeg aan de kok of ze even boven mocht kijken. Dat mocht, maar dan moest ze eerst de soep afmaken. Ze maakte snel een soepje, waste zich, borstelde haar haren en deed haar gouden jurk aan. Toen ze boven in het paleis de balzaal binnenkwam, viel iedereen stil. Zo'n mooi meisje had nog nooit iemand gezien. De koning vroeg haar ten dans en zonder iets tegen elkaar te zeggen walsten ze door de zaal. Maar toen de koning haar na de dans een glaasje chocomel wilde aanbieden, rende ze weg, want de soep moest worden opgediend.

Vlak voordat de soep die zij had afgemaakt naar boven werd gebracht, liet ze haar ring in de soep vallen. En het toeval wilde dat juist de koning die ring in zijn soepkom vond. Hij liet daarop de kok naar boven komen en vroeg: 'Wie heeft deze heerlijke soep gemaakt?'

'Dat was ik,' zei de kok.

'O ja?' vroeg de koning. 'Hoe komt dan deze ring in de soep?'

'Dat is de ring van Bontje, de keukenmeid,' zei de kok.

'Laat haar boven komen,' sprak de koning.

Even later stond Bontje in haar gekke bontepels voor de koning. 'Wat een verrukkelijk soepje was dat,' sprak hij vriendelijk.

Bontepels keek strak naar de grond.

'Is dit jouw ring?' vroeg hij.

Bontepels schudde van nee.

Wat een gekke keukenmeid, dacht de koning, maar dat zei hij natuurlijk niet hardop.

Een maand later was er weer een feest. En opnieuw mocht Bontepels een halfuurtje naar het feest om daarna in de keuken de soep voor de gasten op te scheppen. Ze deed haar jas uit, waste zich, borstelde haar haren en deed haar zilveren jurk aan. Opnieuw danste ze heel even met de jonge koning en zonder iets te zeggen verdween ze daarna weer naar de keuken.

Deze keer liet ze een klein gouden slotje in de soep vallen – dat had ze toevallig ook meegenomen tijdens haar vlucht uit haar ouderlijk paleis.

Weer moest ze bij de koning komen en weer ontkende ze iets met het soepincident te maken te hebben. Gelukkig dacht de koning niet te lang na over het gevalletje met de soep, want met zijn hoofd was hij voortdurend bij het meisje met wie hij had gedanst. Ze was mooier dan elk meisje dat hij ooit had gezien – en dat waren er best veel, want de koning was een beetje een player en een vrouwenversierder, maar dat zijn koningen altijd.

Hij wilde haar zo graag zien, dat hij opnieuw een feest gaf. 'Alweer een feest?' vroegen de lakeien. 'Denkt u dat we niks beters te doen hebben dan feesten te organiseren?'

'Niet zeuren, ik wil een feest,' zei de koning. En zo gebeurde.

Bontepels had deze keer haar jurk van sterren aan en

die was de mooiste van allemaal. Op het moment dat
ze de dansvloer op kwam, weken alle mensen opzij.
'Sjongejongejongejonge, sjongejongejonge,
sjongejongejongejonge,' zeiden de gasten, 'heb je ooit
zo'n mooi meisje gezien?'
De koning nam haar in zijn armen en danste met haar
de zaal rond. Ze konden allebei keigoed dansen en de
mensen zeiden: 'Sjongejonge.'
Maar de dans duurde deze keer zo lang, dat Bontepels
bang werd dat ze te laat in de keuken terug zou zijn.
'Het spijt me,' zei ze.
De koning begreep het en zei: 'Je moet gaan.' Bontepels
knikte en rende weg, via de dienstingang terug naar de
keuken. Maar wat ze niet doorhad, was dat de koning
tijdens het dansen een gouden ring om haar vinger had
geschoven.
In een hoekje van de keuken trok ze snel haar jas aan en
knoopte haar lange haren in een vlecht. De soep was
deze keer door de kok afgemaakt, maar ze was nog net
op tijd om een kleine gouden sleutel in de soepkom van
de koning te laten glijden.
'Wie heeft er een gouden sleutel in mijn soep laten
vallen?' brulde de koning. Hij begon er nu wel genoeg
van te krijgen dat elke keer wanneer hij een feest gaf, het
meisje met wie hij danste plots vertrok en hij daarna iets
van goud in zijn soep vond.

De koning schreeuwde zo hard, dat Bontepels het in de keuken kon horen. Zo langzaam als ze kon, liep ze naar boven.

'Je maakt heerlijke soep, Bontje,' zei de koning, 'maar wil je voortaan geen gouden rommel meer in de soep gooien. Straks stik ik er nog in.'

Bontepels mompelde 'sorry' en wilde weglopen. Op dat moment zag de koning de gouden ring aan haar vinger. Hij stond op, pakte haar hand, maar de prinses rukte zich los. Ze zette het op een lopen en de koning rende achter haar aan en trok haar aan haar jas. Die viel op de grond en alle mensen in de eetzaal riepen 'Aaaaah' en 'Ooooooh' en daarna: 'Sjongejongejongejonge.'

'Jij bent het,' stamelde de koning.

'Ja,' sprak Bontepels, die daar in haar jurk van sterren stond, haar lange haren in een losse vlecht over haar schouder en met tranen in haar ogen. Vanaf de eerste dag dat ze de jonge koning zag, was ze verliefd en in haar verliefdheid had ze al die gekke dingen gedaan. Haar ring en een gouden slotje in de soep gegooid, met hem gedanst om daarna weg te rennen, elke keer een van haar mooie jurken gedragen zonder te zeggen wie ze was. Als je verliefd bent, doe je soms wonderlijke dingen.

De koning vroeg haar ter plekke ten huwelijk, want dat deden ze zo in die tijd, en Bontepels zei dat ze er nog

even over moest nadenken (je moet nooit gelijk ja zeggen als een koning je vraagt), maar stemde de volgende dag toch in.
En ze leefden gelukkig en lang en ze aten heel vaak soep en dan gniffelden ze over hun grappige ontmoeting.

12

Het eilandje waar ze hun roeiboot hebben aangelegd is ongeveer zo groot als hun achtertuin. In het midden staan twee
hoge populieren, daaronder een betonnen picknicktafel met
twee bankjes. Op een groot bord aan een ijzeren paal staat
dat iedereen het eiland moet achterlaten zoals hij het heeft
aangetroffen.

Isa heeft haar bikini aangetrokken en ligt op haar rug op
haar badhanddoek. Ze kijkt naar de lucht. Een grote meeuw
met reusachtige vleugels zweeft boven haar.

'Dat is Jan,' zegt haar moeder.

Isa voelt haar hele lichaam van rubber worden. Als een
slappe pop ligt ze daar. Met de grootst mogelijke moeite kan
ze zijn naam herhalen. Het is de eerste keer dat ze die hardop zegt. Het klinkt gek. Hard en Hollands. In haar hoofd heeft
zijn naam altijd een zachte klank. Bijna een Franse klank.

'Jan?'

'Ik zei: dat is een jan-van-gent.'

Isa's lichaam is weer van vlees en bloed gelukkig. 'Volgens
mij is het gewoon een meeuw.'

'Dat dacht ik vroeger ook. Maar je opa heeft me ooit het
verschil uitgelegd tussen een meeuw en een jan-van-gent.

Deze zijn veel groter en ze hebben zwarte punten aan hun vleugels en een gele kop. Het is familie van de pelikaan. Ik vind ze heel mooi. Maar meestal zie je ze alleen aan zee, als je al geluk hebt. Je opa hield heel erg van vogels, wist je dat? Toen ik klein was, hadden we een heel grote vogelkooi achter in de tuin. Een volière, noem je dat. Daarin hield hij allerlei bijzondere tropische vogels.'

'Wat zielig.'

'Ja, dat is ook zielig, maar in die tijd dacht niemand daar over na. We hadden zelfs een kanarie in een kooi in de kamer staan. Mijn vader probeerde die te laten praten, omdat hij dacht dat kanaries net als papegaaien dat kunnen.'

'Wat vond je erger? Dat je vader doodging of je vriendje?'

Haar moeder is heel lang stil. Isa hoort alleen het geklots van het water en de jan-van-gent die 'skriek!' roept.

'Toen Willem doodging, was hij mijn vriendje niet meer. En je vader verliezen, dat is altijd erg. Hij was zo'n lieve man. Ik vind het jammer dat je hem nooit hebt gekend. Hij kon heel mooi pianospelen. Ik hoopte altijd dat jij zijn muziektalent zou erven.'

'Dat is niet helemaal goed gegaan met de muziekgenen.'

Isa moet lachen. Ze zit al jaren op pianoles, maar ze kan er nog steeds niets van.

'Hij was ook heel slim. Je hersens heb je wel van hem geërfd gelukkig. En hij las heel veel. Boeken van filosofen en van alles over de oudheid. En je kon ontzettend met hem la-chen. Met mijn moeder ook trouwens. Zij had zelfs die man van de botenverhuur nog aan het lachen kunnen krijgen.'

Isa voelt een brok in haar keel. Ze kan zich niet voorstellen hoe het zou zijn als haar eigen ouders dood zouden gaan. Het is zo'n afschuwelijke gedachte, dat ze tranen in haar ogen krijgt als ze eraan denkt. Ze draait haar gezicht naar haar moeder. Die staart naar de blauwe lucht en heeft haar armen achter haar hoofd gevouwen. Nu ze daar zo ligt, in haar blauw-wit gespikkelde zomerjurk, met haar zwarte zonnebril op en haar haren uitgewaaierd over het gras, ziet Isa dat ze precies lijkt op het meisje van de foto.

'Je opa en oma waren ook dol op Willem. Ik had daarvóór heel veel vriendjes gehad, maar hij was de enige die ze goed genoeg vonden voor mij. Alleen bleek hij uiteindelijk de slechtste van allemaal te zijn.'

Isa houdt haar adem in. De onderzoekster Strombolov is nu wakker geworden. Alles wat ze niet durfde te vragen, vertelt haar moeder nu uit zichzelf. Alsof haar moeder een aan- en uitknop heeft wanneer het over haar jeugd gaat. En Isa heeft de aanknop eindelijk gevonden.

'Je vroeg net of ik het erg vond dat hij doodging, Willem. Maar eerlijk gezegd was ik blij dat hij dood was.'

'Hoe kun je nou blij zijn wanneer iemand doodgaat?' Isa is rechtop gaan zitten.

'Als je wat wilt drinken, dan moet je het pakken, hoor.'

'Ik heb geen dorst, mam.' *Ga door,* denkt ze. *Vertel, vertel, vertel.*

'Ik vond hem zo leuk, dat ik dacht dat we altijd bij elkaar zouden blijven. Maar van de ene op de andere dag is hij naar Zuid-Amerika vertrokken. Ik begreep er niks van.'

'Misschien was hij op iemand anders verliefd.'

'Ja, dat dacht ik in het begin ook, maar ik zou niet weten op wie.'

'Op Vera?' Isa is bang dat ze iets verraadt door de naam van Jans moeder te noemen.

'Haha, nee, dat kan ik me niet voorstellen.'

'Het kan toch?' Isa plukt aan het gras en stopt een sprietje in haar mond.

'Ja, alles kan, maar toch lijkt het me heel onwaarschijnlijk. En als het zo was, dan heeft hij het wel heel goed geheimgehouden voor me, haha.'

'Heeft niet iedereen een geheim?'

'Nee, lieverd, niet iedereen heeft een geheim.'

'Maar wie is dan de vader van haar zoon?'

'Isabellaatje, wat haal je je allemaal in je hoofd? Je kent die mensen niet eens.'

'Nog één vraag, dan hou ik op,' zegt Isa. 'Waarom zijn jij en Vera geen vriendinnen meer?'

'Wat een vragen allemaal. Kom, we gaan die picknickmand eens plunderen. Ik heb boterhammetjes met zalm gemaakt en komkommersandwiches.'

'*Forever young, forever young. May you stay foreeeeeeeever young.*' Isa's moeder zingt mee met het enige liedje waarvan ze de tekst wel helemaal kent.

Ze hebben 's middags gezwommen, gelezen en doelloos in de zon gelegen. En geen seconde heeft haar moeder het nog over Willem gehad en Isa heeft het ook niet meer durven vragen, bang dat haar moeder iets achter haar nieuwsgierigheid zou zoeken. Maar nu ze terugrijden naar de stad, probeert ze het voorzichtig nog een keer.

'Wanneer is Willem eigenlijk overleden?'

Haar moeder zet de muziek uit. 'Wat is dat toch met die interesse die je voor hem hebt? Komt het door die begrafenis? Misschien had ik je niet moeten meenemen.'

'Ja,' liegt Isa. 'Door die begrafenis denk ik opeens veel meer aan de dood dan vroeger.'

'Als je me belooft dat je vanaf vandaag niet meer aan dat soort enge dingen denkt, dan vertel ik het je. Maar dan moet je me echt beloven dat je voortaan aan leuke dingen denkt, oké?'

Isa knikt. 'Ik zal vanaf nu alleen nog aan ons eilandje in de zon denken.'

'De dag nadat ik mijn eindexamendiploma had gekregen, ging ik naar Willem. We hadden afgesproken om die dag samen te gaan vieren dat ik geslaagd was. Het was een heel warme dag, ongeveer zo'n dag als vandaag. We zaten in de boomhut die Vera's zoon jou ook heeft laten zien, toch?'

'Ja,' mompelt Isa, en ze probeert niet te blozen.

'Die boomhut was echt onze geheime plek. Daar zaten we altijd uren te kletsen. We hadden plannen om samen op reis te gaan, maar die dag vertelde hij dat hij besloten had om naar Zuid-Amerika te gaan. Hij wilde een tijdje alleen rondreizen. Hij wilde per se zonder mij. Ik begreep er helemaal niets van en pas de dag voordat hij vertrok, vertelde hij dat hij wel een jaar zou wegblijven en misschien zelfs langer. Misschien herinner je je nog hoe verdrietig jij was toen Tristan naar het buitenland ging. Zo voelde ik me ook.'

Alsof ik dat ooit zou kunnen vergeten, denkt ze. Toen haar vriendje naar Spanje verhuisde, had ze zo hard gehuild. En zo had haar moeder zich dus ook gevoeld. 'Wat zielig.'

'Ja,' zegt haar moeder, 'het was heel zielig, maar ik was ook heel boos. Ik heb me diezelfde week nog ingeschreven voor de universiteit en ben naar de stad verhuisd. En daar heb ik heel erg mijn best gedaan om hem te vergeten.'

'Maar wanneer ging hij dan dood?'

'Een paar maanden later, misschien was het wel een halfjaar, is hij met een vliegtuigje neergestort in Brazilië. Het heeft nog maanden geduurd voor ze hem vonden, want hij lag ergens in het oerwoud. Hij is hier begraven, maar ik ben niet naar zijn begrafenis gegaan. Het is gek, maar voor mij was hij al dood toen hij op reis ging. Hij had helemaal niets achtergelaten, geen briefje, niks. Opeens was hij weg.'

'Met een vliegtuig neergestort? Wat eng.'

'Maar weet je, lieverd, dat is allemaal al heel lang geleden. Het was lang voordat jij werd geboren en lang voordat ik je vader leerde kennen.'

Thuis rent Isa direct naar haar kamer om alles wat ze te weten is gekomen aan Jan te vertellen. Haar hart maakt een sprongetje wanneer ze ziet dat hij haar mailtje van die ochtend heeft beantwoord. En hoewel ze heel nieuwsgierig is naar wat hij heeft geschreven, kijkt ze eerst naar zijn foto.

Dag Jan. Wat zie je er weer mega-cute uit vandaag. Heb je al ont-
dekt dat ik het ben die je die geheime crush heeft gestuurd?
Ze geeft een zoen op het scherm en klikt dan zijn mailtje
open.

Berichttype: Privébericht
Aan: IzzyLove
Onderwerp: Bloedspetters

Mevrouw Strombolov, gaat het wel goed met u? Niet te veel in
de zon gezeten en niet te veel last van de warmte gehad? Of
moet ik zeggen 'armte'? Je was vergeten de letter w in te typen.
Is niet erg hoor, ik begrijp je zo ook wel. Ik ben niet voor niets
audiovisueel expert. Ik heb vandaag de jas nog een keer aan
een onderzoek onderworpen en hij is echt van mijn vader. Een
bibliotheekpas met zijn naam erop was een behoorlijk sterke
aanwijzing. Verder heb ik de hele kamer op bloedsporen
onderzocht, al weet ik dat dat eigenlijk jouw afdeling is.
Geen spatje gevonden trouwens. Ik heb mijn moeder vandaag
gevraagd naar mijn andere vader, de niet-bestaande balletdanser. Ze zei dat ze later over hem zou vertellen... Vergeet
niet terug te schrijven! Wazowski.

verzamelde gedichten

Dit gedicht heb ik voor mijn opa en oma geschreven, omdat ik ze
nooit heb gekend.

Mijn moeder zegt: ik zie mijn vader als ik naar jou kijk.
Er is dus een dode man op wie ik sprekend lijk.
Ik heb zijn humor, zegt mijn moeder dan
en de inhoud van zijn hersenpan.

Mijn moeder zegt: je bent net zo beeldig als je oma.
Dan zeg ik: maar zonder rimpels en zonder stoma.
Dan lach ik al mijn tanden wit
en zegt mijn moeder: en ook nog zonder kunstgebit.

Soms kijk ik naar de foto van mensen die ik nooit heb gekend
en vind ik het jammer dat ik niet ben verwend.
Geen snoep van mijn opa, nooit bij mijn oma op schoot,
toen ik werd geboren, gingen zij samen dood.

13

Voor het station staat een meisje met een stapel gratis kranten. Iedereen die de hal in loopt, krijgt een krant van haar. STAKING NOG NIET VOORBIJ staat er in grote zwarte letters op de voorpagina. Isa loopt al lezend door de stationshal. De leraren zijn nog steeds boos. Ze willen meer salaris, terwijl de minister van Onderwijs ze juist minder wil geven. Er staat een foto in de krant van een lerares in een oranje overall die op een auto staat en met een megafoon de mensen om haar heen toespreekt. De minister van Onderwijs staat naast haar en maakt met zijn handen het vredesgebaar. Isa bladert door de rest van de krant en leest de strips achterin.

'Iessssss,' hoort ze vlak achter zich. Ze draait zich om en ziet Sofie staan. Ze is nog bruiner dan ze altijd al is en ze heeft een strak wit hemdje aan waarop met goudkleurige letters DOLCE & GABBANA staat.

'Je bent terug!' roept Isa, en ze vliegt haar vriendin om haar nek.

'Ik kom net van het vliegveld. Mijn vader is even koffie halen. Maar wat doe jíj hier?'

'Ik doe iets waar mijn ouders niets vanaf weten. Ik kan het

je nu niet vertellen, maar ik beloof je dat ik het je binnenkort allemaal uitleg.'

'Dus je ouders weten niet dat je hier bent?' Sofie schudt met haar hoofd heen en weer en schuift haar zonnebril omhoog. 'Tsss. Dat had ik nou nooit achter jou gezocht.'

'Dag Isabella, wat doe jíj hier?' Sofies vader is bij hen komen staan.

Gelukkig komt net op dat moment Isa's trein aan. 'Sorry, ik moet gaan.' Ze gooit haar krant in de prullenbak en loopt naar het voorste deel van de trein, zo ver mogelijk van Sofie en haar vader vandaan. Met bonkend hart gaat ze voor in de trein zitten. Al die dagen dat ze alleen met de trein ging, is ze geen seconde bang geweest om iemand tegen te komen die ze kent. Maar wat gebeurt er als haar ouders de vader van Sofie bij de supermarkt tegenkomen? Wat voor smoes kan ze bedenken om haar treinreis te verklaren?

'Hé, Isa.'

Geschrokken kijkt ze op. Jack, de beste vriend van haar ouders en ook de vader van Jules, staat in het gangpad. Hij heeft een iets te klein T-shirt aan en een spijkerbroek met glimmend nieuwe basketbalschoenen eronder. Isa heeft hem nog nooit in zulke rare kleren gezien.

Het is niet waar, denkt ze. Waarom gaat iedereen die ze kent vandaag opeens met de trein?

'Hoi Jack,' zegt ze zo gewoon mogelijk.

'Is het goed als we bij je komen zitten?' vraagt Jack. Zonder op antwoord te wachten legt hij zijn hand op de rug van de vrouw die naast hem staat. 'Dit is September,' zegt hij.

'Haai,' zegt de vrouw, die eruitziet als een meisje van zeventien. Ze heeft een zuurstokroze pak aan met rode laarzen. Ze heeft dikke blonde krullen en een roze baret op. Haar ogen zijn knalblauw opgemaakt.

Isa kijkt vragend naar Jack.

'September is mijn nieuwe vriendin,' zegt hij. 'Maar vertel het nog maar niet tegen Jules, als je wil.'

Zie je wel, denkt Isa, dat elke familie een geheim heeft.

'Waar ga jij naartoe?' vraagt Jack, die de hand van September heeft gepakt. September giechelt.

Arme Jules, denkt ze. Hij weet nog niet dat hij een stiefmoeder heeft die op Mega Mindy lijkt.

'Ik ben op een geheime missie,' zegt ze met een zware stem.

'Zo, Izzy op een geheime *mizzy*.'

'Ik wil het je wel vertellen, maar dan moet jij mij beloven dat je niets tegen mijn ouders zegt.'

'Jij zegt niks tegen Jules, ik hou mijn mond tegen je vader en moeder.'

'Ik ga auditie doen voor een musical, geregeld door de dansschool waarop ik zit.' Ze is verbaasd hoe makkelijk het jokken gaat. Hoe meer je het doet, hoe simpeler het wordt. Ze kan zelfs liegen zonder te blozen. Het enige wat je hoeft te doen is heel erg geloven in wat je zegt. Net als een toneelspeler doen alsof je iemand anders bent.

'Ik hou niet van musicals,' zegt September.

Is het een vogel, is het een vliegtuig? Nee, dat is het niet. Het is Mega Mindy, die je aan de hemel ziet. Isa probeert de stem in haar hoofd te negeren en lacht vriendelijk naar haar. Maar als ze ooit de kans krijgt, dan zal ze Jules vertellen wat een stomme heks zijn nieuwe stiefmoeder is.

'Als jij het maar leuk vindt, Izzy.' Jack geeft haar een vriendelijk klopje op haar knie. 'En ik zal het geheimhouden.'

'Ik moet er bij het volgende station uit,' zegt Isa. Ze staat op en loopt richting de deur. 'Dag Jack, dag September.'

'Veel succes met je eindmusical, hè?' September knipoogt naar haar.

Waar sloeg dat op? Isa schudt haar hoofd en loopt snel naar het achterste deel van de trein. Daar sluit ze zich op in de wc. Jack hoeft niet te weten dat ze nog veel verder van huis gaat.

Het is al weer dagen geleden dat Isa in het dorp is geweest. De dag na het roei-uitje met haar moeder bleek haar vader opeens de hele dag thuis te zijn, omdat de bacterievriendjes van Max kwamen logeren. In het weekend kon ze ook al niet weg. Ze heeft de brieven nog een paar keer gelezen. Nu haar moeder zelf heeft verteld dat ze nooit een brief heeft gekregen, vindt ze het bijna zielig voor Willem. Had hij gewild dat haar moeder die brieven zou krijgen of heeft hij zich op het laatste moment bedacht? En als haar moeder de brieven wel had gekregen, had ze dan op hem gewacht? Dan was ze niet naar de stad verhuisd en dan had ze ook mijn vader niet ontmoet, denkt Isa. Ze kijkt naar zichzelf in de spiegel die op de wc hangt. 'En dan was jij er niet geweest,' zegt ze tegen zichzelf.

Knarsend en piepend komt de trein tot stilstand. Isa moet zich aan de wasbak vasthouden om niet om te vallen. *Aange-*

komen op de plaats van de misdaad. Eens zien of mijn partner al iets nieuws ontdekt heeft.

'Er mist een brief,' zegt Jan, die op de zolderkamer de liefdesbrieven zojuist voor het eerst heeft gelezen.

'Wat bedoel je? Er zaten maar drie brieven in de envelop.'

'Ja, onder aan de laatste brief staat: morgen nog een brief. Dus er mist een brief.'

'Geef hier.' Ze pakt de laatste brief uit zijn hand. Ze begrijpt niet hoe ze die zin al die tijd over het hoofd heeft kunnen zien. Ze heeft ze wel tien keer gelezen en niet één keer is het in haar opgekomen dat er een vierde brief ontbreekt. Ze is een bloedspetterexpert van niks.

Jan heeft de jas van de grond geraapt en doorzoekt nog eens de zakken. 'Er zit niks meer in, ik heb die jas nu al drie keer doorzocht.'

'Misschien ligt die brief ergens anders.'

'Ja, dat lijkt me logisch.'

Ze kijkt verbaasd naar Jan. Het is net alsof de aardige Jan vandaag thuis is gebleven en zij hier met zijn onaardige tweelingbroer zit.

'Sorry, ik bedoelde...' stamelt ze.

'Je kunt beter meehelpen zoeken.' Hij trekt een la van het bureautje open en rommelt er wat in.

'Ik zit hier om jou te helpen, hoor,' zegt Isa een beetje bozig. 'Ik ben er allang achter waarom er foto's van mijn moeder hier in huis staan. Mijn deel van het onderzoek is klaar. Ik weet wat ik wilde weten en ik help jou alleen maar om iets meer over je vader te vinden. Je hoeft echt niet zo bot te doen.' Ze schreeuwt het bijna uit. Waarom zijn jongens soms zo vreselijk irritant?

'Sorry,' zegt hij. 'Sorry, sorry, sorry.' Hij is naast haar op het bed gaan zitten en steunt met zijn hoofd op zijn handen, zijn ellebogen op zijn knieën. 'Ik word gek van dat zoeken. Ik wil gewoon weten wie mijn vader is. Ik wil weten van wie ik dit haar heb en deze ogen, waarom ik niet op mijn moeder lijk. Ik wil weten wie mijn opa en oma waren en wie mijn overgrootouders. Ik wil weten of Willem is weggegaan omdat mijn moeder zwanger van mij was. Of hij wíst dat ze zwanger was. Ik weet niks over hem. Het enige wat ik heb, zijn wat stomme foto's en een paar brieven die hij naar jouw moeder heeft gestuurd.'

Isa bijt op haar onderlip. Ze weet niet goed wat ze moet zeggen. Ze frummelt aan haar oorbel.

'Ik heb het.' Hij zit rechtop en maakt zijn handen tot vuisten. 'Heb je gehoord wat ik net zei? Jij hebt verteld dat Willem van het ene op het andere moment naar Zuid-Amerika ging en dat hij een halfjaar daarna verongelukt is. En tenzij hij tussendoor terug is geweest, wat ik niet denk, was mijn moeder allang zwanger van mij toen hij vertrok. Hoe oud is je moeder?'

Isa heeft moeite om hem te volgen. Hij praat zo snel en zegt zoveel verschillende dingen. 'Mijn moeder?'

'Ja,' zegt Jan, en hij kijkt haar hoopvol aan. Als ik weet wanneer Willem vertrok, dan weet ik ook hoeveel maanden dat was voor ik werd geboren.

Isa rekent uit in welk jaar haar moeder eindexamen heeft gedaan, het jaar dat Willem vertrok.

'Hij ging weg in de zomer, kijk, hier staat het.' Jan wijst op de zin in de brief waar Willem schrijft dat hij haar op de langste dag van het jaar ten huwelijk vroeg. 'Dat is 21 juni. Ik ben op 21 december geboren, de kortste dag. Dus dat betekent dat mijn moeder al ruim drie maanden zwanger van hem was toen hij plotseling vertrok.' Hij springt op van het bed en slaat met zijn platte hand tegen de deur. 'Het is zo simpel.'

Isa vindt het helemaal niet simpel. Het gaat allemaal te vlug voor haar, maar Jan is ouder en als je ouder bent, dan werken je hersenen sneller.

'Je moet met je moeder gaan praten,' zegt Isa. 'Je kunt niet met zo'n geheim blijven rondlopen. Zij weet wie jouw vader is en jij nu óók. Waarom zou je dat nog geheimhouden voor elkaar?' Isa gaat staan en kijkt hem aan alsof niet hij, maar zíj de oudste en de wijste van hen tweeën is.

'Ik durf niet,' zegt hij.

'Je móét haar vragen om je over jouw vader te vertellen. Je hebt er recht op om te weten wie hij is. Als jij het niet vraagt, vraag ik het voor je.'

verzamelde gedichten

Ik verzamel tegenwoordig niet alleen liefdesverhalen, maar ook liefdesgedíchten. Dat is nog makkelijker dan bierdoppen verzamelen. Ik ben trouwens niet de enige die gedichten verzamelt. In de boekenkast van mijn ouders is een plank waarop boeken staan met gedichten. En al die boeken heten *Verzamelde gedichten*.

Dit gedicht is van Herman Gorter, een heel beroemde Nederlandse dichter (1864-1927). Hij schreef dit gedicht toen hij 26 was.

Zie je ik hou van je,
ik vin je zo lief en zo licht –
je ogen zijn zo vol licht,
ik hou van je, ik hou van je.

En je neus en je mond en je haar
en je ogen en je hals waar
je kraagje zit en je oor
met je haar er voor.

Zie je ik wou zo graag zijn
jou, maar het kan niet zijn,
het licht is om je, je bent
nu toch wat je eenmaal bent.

O ja, ik hou van je,
ik hou zo vrees'lijk van je,
ik wou het helemaal zeggen –
Maar ik kan het toch niet zeggen.

14

'Wie heeft er zin om vandaag mee naar het strand te gaan?'
Isa's vader is vandaag thuis en Max heeft twee bacteriën te
logeren.

'Ja, dan gaan we jou ingraven, Isa,' zegt Max.

'Ik ga niet mee,' zegt Isa. Ze zit achter de computer van
haar ouders en zoekt op het internet of ze ergens een losse
letter w kan bestellen voor haar laptop.

'Isa, ik heb je de hele week nauwelijks gezien. Ga gezellig
mee. Dan gaan we daarna ergens wat eten,' zegt haar vader.

'Ik heb vandaag met Sofie afgesproken.' Ze kijkt haar vader
verontschuldigend aan.

'Vraag of Sofie ook mee wil. Dan gaan we met z'n allen met
de bus.'

'Mag ik ook op de computer?' vraagt een van de twee vriendjes van Max.

Isa kijkt hem streng aan. 'Nee, dat mag je niet.'

'Kom jongens, pak jullie zwemspullen.' Isa's vader geeft
haar een briefje van twintig euro. 'Dan mag jij met Sofie een
tosti in de stad gaan eten. Pas je wel goed op jezelf?'

'Dank je wel, pap.' De treinkaartjes hebben haar zoveel
geld gekost, dat ze die twintig euro heel goed kan gebruiken.

Isa schrijft nog een uurtje op haar weblog en wanneer haar vader en de jongens eindelijk weg zijn, fietst ze zo hard als ze kan naar het station.

Wanneer Isa later die ochtend aanbelt bij het huis van Jan, doet Vera open. Ze kijkt verbaasd. Isa heeft Jan beloofd om erbij te zijn als hij zijn moeder over hun onderzoek gaat vertellen, maar nu ze haar ziet, vraagt ze zich af of het wel zo'n goed idee is. Wat moet ze tegen die vrouw zeggen? Dat ze samen met Jan een week lang in het huis van de dode buurvrouw heeft gezeten om hun familiegeheimen te ontrafelen?

'Kom binnen. Wat een verrassing. Ben je helemaal alleen?'

'Ja, mijn moeder moest werken, maar ik moest u de groeten van haar doen.'

'Zeg maar jij, hoor.'

Isa loopt achter Vera aan naar de tuin. Op het grasveld staat een ouderwetse parasol met twee houten ligstoelen eronder en een tafeltje met een rood-wit geblokt plastic kleed erover.

'Wil je wat drinken? Ik roep Jan even. Die slaapkop wil maar niet wakker worden.'

Isa voelt gekke kriebels in haar buik. Ze heeft hem vanochtend gemaild dat ze langs zou komen, maar als hij nu nog slaapt, weet hij niet dat ze hier is.

'Hoi.' Jan staat in een gestreepte pyjamabroek en een wit hemdje voor haar. Hij strijkt met zijn handen zijn haar recht en kijkt haar verbaasd aan.

'Hoi,' is het enige wat ze kan uitbrengen.

'Wat een verrassing,' zegt hij.

'Ja, dat zei je moeder ook al.'

Vera zet een dienblad op de tafel neer. 'Ik heb kersen voor jullie. Ze zijn nog onbetaalbaar, maar deze komen uit Spanje. Heerlijk zoet zijn ze. De thee komt er zo aan.'

Isa kijkt naar Vera en ze probeert zich voor te stellen hoe ze er vroeger uit moet hebben gezien. Ergens tussen het mollige meisje met haar vlechten en deze grote vrouw met dat geblondeerde haar moet een ander meisje hebben gezeten. Eentje dat zo leuk was dat Willem Koek had besloten om Isa's moeder te verlaten en met deze Vera een kind op de wereld te zetten. Terwijl Vera nog een stoel uit de schuur haalt, kijkt Isa naar Jan. Hij heeft de ligstoel in de zon gezet en ligt er languit op, met zijn ogen dicht.

'Je gaat toch niet weer slapen, Janneman?' Vera geeft hem een por in zijn zij.

Janneman, denkt Isa. Waarom noemen ouders hun kinderen nooit gewoon bij hun naam? Als het aan hun ouders zou liggen, zouden zij altijd Janneman en Isabellaatje zijn.

'Vertel eens, wat brengt jou helemaal hier?' Vera kijkt haar vragend aan.

Isa haalt diep adem. Ze heeft geen idee hoe ze dit gaat aanpakken, maar een goede privédetective kan altijd improviseren. 'Ik was benieuwd naar het oude dorp van mijn moeder.'

'En weet ze dat je hier bent?'

'Ja,' zegt Isa, en ze kijkt snel naar Jan.

'Isa heeft wat ontdekt,' zegt hij.

'Zo. En wat heb je dan ontdekt?' Vera spuugt een kersenpit in het gras.

'Ik was met mijn moeder foto's aan het kijken na de begrafenis en toen zagen we een foto van de jongen die hiernaast heeft gewoond. Willem, heet hij.'

'Willem Koek.' Vera legt de kers die ze net heeft gepakt terug op het schaaltje.

'Kent u hem?' Isa probeert het zo normaal mogelijk te zeggen.

'Natuurlijk ken ik hem. Hij woonde tussen jouw moeder en mij in. We waren bevriend, maar toen je moeder verhuisde, is hij naar Zuid-Amerika gegaan en daar is hij verongelukt. Heeft je moeder dat niet verteld?'

Isa frummelt aan haar oorbel. Al dat onderzoek wat zij hebben gedaan lijkt nergens voor nodig te zijn geweest. Het enige wat je hoeft te doen is vragen stellen en dan krijg je vanzelf de antwoorden. 'Ja, dat heeft ze verteld. Maar ze zei ook dat ze niet begreep waarom hij was weggegaan. Ze hadden iets met elkaar, toch?'

Vera kijkt haar onderzoekend aan. 'Ja, maar dat is allemaal al zo lang geleden. Wacht, dan ga ik eerst even de thee halen. Ik kom zo terug.'

'Zal ik het vragen?' Jan zegt het zo zacht, dat Isa hem bijna niet kan verstaan.

'Wat vragen?' fluistert ze.

'Of zij zwanger van mij was toen hij wegging.'

Isa vindt dat hij eruitziet als een klein jongetje. Hij kijkt zo angstig, en in zijn pyjama lijkt hij een beetje op Max wanneer die net uit zijn bed komt. Ze denkt aan een aflevering van *CSI* die ze een tijdje geleden op televisie heeft gezien. De hele tijd zaten de onderzoekers op het goede spoor, maar aan het eind was alles anders dan ze dachten en bleef de moord onopgelost. Maar dit, denkt Isa, is geen moord, al is er wel iemand dood.

'Kopje thee?' Vera staat voor hen met in haar handen een dienblad met gebloemde kopjes en een theepot in de vorm van een paddenstoel. Isa heeft nog nooit zo'n lelijke theepot gezien.

'Wat een grappige theepot.'

'Wat leuk dat je dat zegt. Die heb ik jaren geleden van mevrouw Meneer gekregen. Die arme lieverd was zo verdrietig toen haar neef was vertrokken. Het heeft jaren geduurd voor ze daar overheen was. Maar ze was een sterke vrouw. Het is jammer dat je haar niet hebt gekend. Maar zij kende jou wel, hoor.'

Isa kijkt haar met grote ogen aan. 'O ja?'

'Ja,' zegt Vera, die de kopjes inschenkt. 'Ze was dol op je moeder. Ze had gehoopt dat zij en Willem zouden trouwen, maar ja, toen is hij overleden. Daarna heeft ze nog heel lang contact gehouden met je moeder. Ze zag Willem toch een beetje als haar zoon en jouw moeder als haar toekomstige schoondochter. Dan kwam ik bij haar op bezoek en liet ze me trots jouw foto zien. Die had je moeder opgestuurd. Helemaal aan het eind van haar leven had ze het steeds vaker over je moeder. Maar ja, we hadden ook zo'n heerlijke tijd met z'n allen toen we zo oud waren als jullie nu. Je lijkt echt op je moeder, weet je dat?'

Isa knikt. 'Mijn moeder heeft het nooit over haar jeugd. Nou ja, behalve nu dan.'

'Maar wat had je nou ontdekt?' Vera doet het derde schepje suiker in haar thee.

'Die foto. En...' Isa weet niet hoe ze nu verder moet. Ze kijkt naar Jan. Waarom zegt hij niks?

Jan kijkt naar de nagel van zijn duim alsof hij daarop een heel klein spiekbriefje heeft geschreven. Dan zegt hij zacht: 'Isa's moeder denkt dat die Willem mijn vader is.'

'Au!' Vera springt op en rent naar binnen.

'Dat kwam hard aan,' zegt Isa.

'Dus het is waar.' Jan kijkt richting de keukendeur, waar zijn moeder net naar binnen is gerend.

'En wat nu?'

Jan haalt zijn schouders op.

'Moet je niet even naar haar toe?'

'Wil je mee?' Hij kijkt haar smekend aan.

In de keuken staat Vera met haar hand onder de stromende kraan.

'Mam, je huilt.' Jan staat naast haar, met zijn armen slap langs zijn lichaam.

'Kokende thee, kokendhete thee. Het was maar een spatje, maar ik wist niet dat dat zo'n pijn kon doen.' De tranen stromen over haar wangen.

Isa staat in de deuropening en wil niets liever dan weggaan. Weg uit deze rare kabouterkeuken met die rood-wit geblokte gordijntjes.

'Heeft Isa's moeder gelijk?' Jan zegt het heel zacht.

'Nee, Jantje, ze heeft niet gelijk.' Vera draait de kraan dicht en gaat op een keukenstoel zitten. 'Ik heb het er nooit met

Isa's moeder over gehad. Vanaf het moment dat ik wist dat ik zwanger was, hebben we elkaar nauwelijks meer gezien. De enige wie ik wat verteld heb is mevrouw Meneer. Ik heb haar gezegd dat Willem *dacht* dat hij jouw vader was. Ik ben alleen bang dat ze het verkeerd heeft begrepen.' Ze kijkt naar Isa en veegt met een theedoek de tranen van haar wangen. 'Jouw moeder moet het van háár hebben gehoord.'

Isa voelt haar gezicht rood worden. Ze heeft geen zin meer om te liegen. 'Het is niet waar wat Jan zegt.' Ze kijkt naar de keukenvloer, bang om Jan aan te kijken. 'Hij heeft het niet van mij of van mijn moeder gehoord. Hij heeft u en jullie buurvrouw met elkaar horen praten. En toen is hij op zoek gegaan in het huis hiernaast en heeft hij brieven gevonden die Willem aan mijn moeder heeft geschreven. En ik heb die brieven ook gelezen en zo zijn we erachter gekomen dat mijn moeder en Willem iets met elkaar hadden en Jan denkt dat Willem is weggegaan omdat u, omdat u...'

Isa weet niet hoe ze verder moet. Ze heeft nooit geweten dat het zo moeilijk is om een moordzaak op te lossen die geen moordzaak is. Op televisie vertellen de onderzoekers altijd heel rustig met een kopje koffie in hun hand hoe de zaak in elkaar zit. Nooit krijgt iemand een kopje van die hete koffie over zich heen, nooit staat er iemand in zijn pyjama te luisteren en nooit wordt er gestotterd en gehuild. Maar televisie is nep, denkt Isa. Het zijn allemaal acteurs. Het zijn verzonnen verhalen met verzonnen geheimen. Zelfs het lijk staat aan het eind van de dag gewoon op, haalt het nepbloed van zijn gezicht en rijdt dan in zijn auto naar huis. Niemand is écht dood.

'Ach, Jantje toch.' Vera heeft haar armen om haar zoon geslagen. 'Is dat de reden dat je steeds in het huis hiernaast rondspookt? Ik zie je wel, hoor, als je daar naar binnen gaat, ook al denk je dat ik denk dat je in de boomhut zit. Waarom heb je niet aan mij gevraagd hoe het zit met je vader? Je mag me altijd alles vragen. Daar zijn moeders voor.'

'Laat maar.' Jan duwt zijn moeder zachtjes van zich af en loopt terug naar de tuin.

Vera blijft achter in de keuken. Haar armen hangen bewegingloos langs haar lichaam. Isa durft zich nauwelijks te bewegen. Het liefst wil ze Jan achternagaan, maar dan moet ze eerst langs Vera lopen, die precies tussen haar en de keukendeur in staat.

En alsof Vera haar gedachten kan lezen, doet ze een stap opzij. Ze legt haar hand op Isa's schouder. 'Isa, wil jij naar hem toe gaan? Ik moet even iets pakken.'

verzamelde gedichten

Dit gedicht heb ik voor iemand geschreven die ik heel leuk vind
(misschien heet hij wel Jan).

Het is moeilijk te zeggen wat ik vind.
Ik vind je lief.

Maar hoe zeg ik wat ik voel?
Ik voel.

Sterker nog:
Ik lief je.
Ik zal je altijd lieven.

Het leven was niks als ik jou niet had.
Zie je, zo makkelijk zeg ik dat.

15

Jan zit op het gras, zijn benen opgetrokken en zijn armen eromheen geslagen. Hij lijkt nu nog kleiner dan eerst. 'Sorry,'
zegt Isa.

'Het is oké. Ik had je nooit moeten vragen om me te helpen. Jij hebt er niets mee te maken. Ik had het gewoon zelf
aan mijn moeder moeten vragen. Het maakt me ook helemaal niks meer uit.'

Isa staat nog steeds als een levend standbeeld naast hem
wanneer Vera de tuin in komt.

Vera gaat naast Jan op de grond zitten zonder hem aan te
kijken en begint te vertellen: 'Ik was zwanger en ik durfde
het niet tegen mijn ouders te vertellen. Ik was veel te jong
om een kind te krijgen en mijn ouders wilden dat ik het zou
laten weghalen. Het was in die tijd geen schande om een al-
leenstaande moeder te zijn, maar wel als je zo jong was als ik
en als je niet wist wie de vader was. In zo'n klein dorp als dit
wordt vreselijk geroddeld.'

Jan heeft zijn hoofd op zijn knieën gelegd.

'Ik wilde jou graag houden.' Vera legt haar hand op de rug
van haar zoon.

Isa heeft het idee dat ze naar een toneelstuk staat te kijken.

Vera en Jan zouden het niet eens merken als ze nu weg zou lopen, de tuin uit, de straat op en dan met de trein naar huis. Maar hoe graag ze ook weg zou willen, ze staat als vastgenageld aan de grond. Ze houdt haar adem in, bang om de acteurs die moeder en zoon spelen te storen.

'En omdat ik niet wist wie je vader was, heb ik een vader voor je gekózen. Ik heb de leukste jongen gekozen die ik op dat moment kende en hem heb ik verteld dat hij de vader was. Ik wist ook wel dat hij jouw vader niet kon zijn, maar ik wilde het zo graag geloven. Het was heel stom, maar ik kon ook niks beters bedenken. Misschien hoopte ik dat hij medelijden met me zou krijgen, maar hij schrok alleen maar en wilde me nooit meer zien. Een paar dagen later is hij weggegaan en ik zag hem pas weer terug toen hij hier werd begraven.' Er loopt een traan over haar wang. 'Het spijt me, Jantje, ik had het je veel eerder moeten vertellen. Maar ook al weet ik niet zeker wie je vader is, ik weet wel dat ik jouw moeder ben en dat ik ongelooflijk veel van je hou.'

'En die balletdanser is ook niet mijn vader?' Jan kijkt haar aan. Zijn ogen zijn rood en zijn gezicht is zo wit als de parasol.

Vera schudt haar hoofd. 'Hier.' Ze haalt een envelop uit haar zak en geeft die aan Jan. 'De dag dat Willem wegging, heeft hij een stapeltje brieven voor Isa's moeder achtergelaten. Ik vond ze op zijn bureau op de ochtend dat mevrouw Meneer hem naar het vliegveld bracht. Ik was zo bang dat hij had geschreven wat voor vreselijks ik had gedaan, dat ik ze eerst zelf heb gelezen. Daarna heb ik ze in zijn jaszak gestopt. Ik hoopte dat Adelheid ze dan na een tijdje zou vinden en ze zou geven aan degene voor wie ze bestemd waren. Maar toen zij hoorde dat Willem was verongelukt, heeft ze nooit meer een stap in zijn kamer gezet. Ze wilde dat die kamer altijd zou blijven zoals hij hem had achtergelaten. Zelfs zijn vuile sokken die in de hoek van de kamer lagen, heeft ze laten liggen. Alleen déze brief heb ik zelf gehouden. Lees 'm maar, dan weet je zeker dat het waar is wat ik zeg.'

'Zal ik maar gaan?' Isa voelt zich nu zo opgelaten, dat ze geen seconde langer wil blijven.

'Als jij de andere brieven hebt gelezen, dan moet je deze ook maar lezen.' Vera glimlacht naar haar en gebaart dat ze bij hen moet komen zitten. 'Ik laat jullie wel even alleen.' Ze aait Jan over zijn hoofd en brengt de paddenstoeltheepot naar binnen.

Isa herinnert zich dat ze als klein kind heel graag een geheim wilde hebben. Ze had er alleen geen een kunnen verzinnen. Uiteindelijk had ze op een stukje papier geschreven: 'Dit is het geheim van Isabella Strombolov.' Ze had het papiertje in een luciferdoosje gestopt en dat helemaal dichtgeplakt met plakband. Daarna had ze het in een krant gewikkeld en er aluminiumfolie omheen gedaan. Ze had het pakje in een schoenendoos gestopt en daarop met viltstift geschreven: NIET OPENMAKEN VOOR OUD EN NIEUW 2018. Jaren later had Max de schoenendoos gevonden en hem opengemaakt. Ze was woedend. Max was ook boos, omdat hij had gehoopt het grote geheim van zijn zus te ontdekken. Hij scheurde het briefje doormidden, waarna Isa weer zo boos werd dat ze hem met de schoenendoos op zijn hoofd had geslagen. Maar, denkt ze, zouden echte geheimen niet ook zoiets moeten hebben? Net als bij een pak melk een sticker met een houdbaarheidsdatum erop, NIET DOORVERTELLEN TOT 2018, of welk jaar dan ook? Waarom heeft Vera zó lang gewacht met het vertellen van dit verhaal? Had ze Jan niet gewoon als kind moeten vertellen dat ze niet wist wie zijn vader was? En was hij het ooit te weten gekomen als zij en Jan het niet zélf hadden geprobeerd uit te zoeken? Ze kijkt naar Jan, die met de envelop in zijn handen zit.

'Moet je 'm niet openmaken?'

'Lees jij hem maar eerst.'

Isa pakt de brief van hem aan en leest hem aandachtig door. Het is de laatste brief die Willem aan haar moeder heeft geschreven. De brief die zij niet hadden gevonden omdat Vera hem al die tijd had. Als mijn moeder deze brief had gelezen, denkt Isa, dan weet ik zeker dat alles anders was geweest. Dan was ze misschien nooit weggegaan uit haar dorp. Dan was ze blijven wachten tot hij was teruggekomen. En misschien was ze hem zelfs achterna gereisd. En dan had zij misschien ook wel in dat vliegtuigje gezeten dat in het oerwoud was neergestort.

Allerliefste,

Dit is de laatste brief die je van me ontvangt. En ik hoop dat ik je, wanneer ik over een jaar terugkom, in mijn armen mag sluiten en je me hebt vergeven. Het liefst schreef ik je de rest van mijn leven nog door, maar ik heb je hart gebroken, in duizend kleine stukjes. Terwijl mijn leven echt leuker was toen wij nog samen waren. Vaak ging ik zingend over straat, een glimlach van oor tot oor, genietend van alles wat ik zag. Ik was gelukkig dankzij jou. Dat liefde zo eenvoudig kan zijn.

Je dacht dat ik gek was geworden toen ik je ten huwelijk vroeg, maar echt, ik wilde op dat moment de rest van mijn leven bij jou zijn. Hoe kon ik weten dat mijn leven een paar dagen later zou veranderen in een onoplosbare puinhoop. Eén keer, ik weet niet meer wanneer, stelde Vera voor om een nacht in de boomhut te slapen. We hadden een fles wijn bij ons, misschien wel twee. Ik heb haar gezoend en misschien wel iets meer, maar ik durfde dat natuurlijk niet tegen jou te vertellen. Ik dacht dat je er nooit achter zou komen. Maar dat was zo stom. Toen ik tegen Vera vertelde dat ik met jou ging trouwen, vertelde ze me dat ze zwanger was. En — ik weet niet hoe ik het je moet zeggen — dat het kind van mij is. Ik wilde het niet geloven en ik kán het ook niet geloven, want ik zweer je dat ik niet heel veel anders heb gedaan dan haar gezoend, die ene keer in de boomhut. Onze geheime boomhut. Ik was zo bang om je dat te moeten vertellen, dat ik iets deed wat nog veel stommer was. Ik brak je hart en vertelde je dat ik zonder jou op reis zou gaan. Terwijl ik juist alleen maar van jou hield. Ik heb besloten om een jaar in Zuid-Amerika te blijven, omdat ik Vera niet meer onder ogen wil komen en jou niet onder ogen durf te komen. Maar weet dat ik niet de vader ben van Vera's kind en ook niet kan zijn.

Ik hoop dat je door deze laatste brief snapt dat ik je geen pijn wilde doen, maar dat ik niet anders kon. Ik zal altijd van je blijven houden! Vergeef me.

Willem

bereken je sterrennaam

In een tijdschrift vond ik een grappig quizje om erachter te komen hoe je zou heten als je megaberoemd zou zijn. Iedereen heeft een sterrennaam. Dat is de naam die je zou moeten hebben als je ooit heel beroemd bent. Je kunt je eigen sterrennaam heel makkelijk berekenen:

Neem de maand waarin je geboren bent (januari = 1, februari = 2 et cetera) en zoek in de eerste kolom het eerste deel van je naam.
Tel nu het aantal letters van je tweede naam (als je die niet hebt, mag het ook je voornaam zijn) en zoek in de andere kolom het tweede deel van je sterrennaam. Heb je te veel letters in je naam (bijvoorbeeld omdat je tweede naam Arabellacatharina is), dan tel je de twee getallen bij elkaar op. Bijvoorbeeld: Arabellacatharina = 17 letters: 1+7=8.
Plak de twee delen van je naam aan elkaar.
Voorbeeld:
Isabella Strombolov, jarig in juli.
Juli = 7 = Lady

Isabella = 8 letters = Lovsky
Mijn naam = Ladylovsky

Girls
Eerste deel van je sterrennaam:

1-Yo
2-Jay
3-Star
4-May
5-Lyn
6-Zan
7-Lady
8-Kay
9-Lilly
10-Lola
11-Gigi
12-Djimmiedjane

Tweede deel van je sterrennaam:

1-Star
2-Ette
3-Ya
4-Enna
5-Gina

6-Zola
7-Kimmy
8-Lovsky
9-Lo
10-Boebie-Ann

Boyz
Eerste deel van je sterrennaam:

1-Djimmiedjo
2-Mister
3-Johnny
4-Sexy
5-Colbi
6-Zac (spreek uit: 'zek')
7-Love
8-Master
9-Fabulous
10-Urban
11-Flo
12-Jimmy

Tweede deel van je sterrennaam:

1-West
2-Monkey

3-Kracker (spreek uit: 'krekker')
4-Z (spreek uit: 'zie')
5-Underwood
6-Drake
7-Badoe
8-Bibo
9-Drunk
10-Yoyo

16

Isa zit op haar balkon. Haar moeder zit beneden en leest de brieven die Vera per post heeft verstuurd, alle brieven inclusief de laatste. Isa heeft getwijfeld of ze ze niet zelf moest geven, maar dan zou ze ook tegen haar moeder moeten zeggen dat ze vorige en deze week helemáál niet alleen was thuisgebleven. Misschien dat ze het later nog wel een keer vertelt, maar nu heeft haar moeder wel genoeg geheimen om zich druk over te maken. Vera heeft beloofd dat ze er een briefje bij zou doen waarin staat dat die brieven tevoorschijn zijn gekomen bij het leeghalen van het huis. Toen de post vanochtend werd bezorgd, is Isa gelijk naar haar kamer gegaan. Het is jammer dat ze nu geen enkele reden meer heeft om naar Jan te gaan. Ze kijkt naar de lucht, die een stuk minder blauw is dan de afgelopen weken. De zomer moet nog beginnen, maar hij lijkt nu al voorbij.

Ze zit met haar laptop op schoot en kijkt of Sofie of Jules online is. Cato heeft een berichtje achtergelaten dat ze nog de hele week op het wiskundekamp mag blijven.

Sofie – Dubai is cewl zegt:
Hé, skattie, ben je daar?

**

IzzyLove – NO MORE SCHOOL zegt:
Yessss. Hoe as Dubai?

**

Sofie – Dubai is cewl zegt:
G.E.W.E.L.D.I.G!!! Heb je zin om vandaag af te spreken?
Ik V.E.R.V.E.E.L. me namelijk nogal... Misschien kunnen we
wat drinken op het terras in het park.

**

IzzyLove – NO MORE SCHOOL zegt:
Ja, leuk. Behalve dat ik blut ben. Ik kan ook naar jou toe
komen. Bij mij kan niet, ant het huis zit vol bacteriën!

**

Sofie – Dubai is cewl zegt:
Blut? In Dubai is iedereen blut! Maar laten we afspreken in
het park, ik betaal wel. Ik heb de hele week niks uitgegeven.
Michael Jackson heeft alles voor me betaald in Dubai.

**

IzzyLove – NO MORE SCHOOL zegt:
Dat kan niet, die is dood.

**

Sofie – Dubai is cewl zegt:
O, dan was het Johnny Depp... Er waren ook zoveel

beroemdheden daar, dan haal je ze nog wel eens door elkaar, haha XD

**

IzzyLove – NO MORE SCHOOL zegt:
Over een halfuurtje in het park?

**

Sofie – Dubai is cewl zegt:
Oké. Heb jij trouwens nog leuke boys gespot nu ze allemaal vrij rondlopen?

**

IzzyLove – NO MORE SCHOOL zegt:
Dat vertel ik je straks.

**

Sofie – Dubai is cewl zegt:
Nee, ik wil het nu weten. Hoe heet-ie?

**

IzzyLove – NO MORE SCHOOL zegt:
J.A.N.

**

Sofie – Dubai is cewl zegt:
Ja hoor...

**

IzzyLove – NO MORE SCHOOL zegt:
Nee, hij heet Jimmy Kracker! Nee echt, hij heet Jan. En hij is
nog leuker dan Johnny Depp!

**

Sofie – Dubai is cewl zegt:
Je bedoelt Jan-ny Depp ☺. Tot zo.

Het terras in het park is zo druk, dat Isa en Sofie het laatste
tafeltje hebben. Het is een tafeltje achterin, vlak bij de speel-
tuin.

'Kun je je nog herinneren dat we daar vroeger altijd gingen
spelen?' Sofie wijst naar de zandbak. 'Dat is zo lang geleden.
Ik weet nog dat ik jou daar voor het eerst zag. Je was samen
met Cato en jullie hadden mijn zandkasteel kapotgemaakt,
zo flauw.'

'Sor-ry.' Isa kan het zich niet meer herinneren. 'Volgens mij
zag je mij voor het eerst op school.'

'Nee, het was in de zomer voor ik naar school ging. Jij en
Cato zaten al in groep een en ik vond mezelf heel stoer dat ik
ook naar de basisschool ging. Maar toen zag ik jullie op de
eerste dag en ik was een beetje bang voor jullie.'

'Nu niet meer, toch?'

Sofie lacht. 'Nou, eerlijk gezegd vind ik je nog steeds een
beetje eng, hoor.'

'Wilt u wat bestellen?' Een jongen in een zwart pak en met
een vlinderdasje staat naast hen en kijkt hen afwachtend aan.

'IJsthee, alstublieft,' zegt Sofie.

Isa bestelt hetzelfde en ze stoot haar vriendin aan terwijl de ober wegloopt. 'Wat een leuke jongen.'

'Veel te oud voor ons.'

'Zo oud is hij toch niet?' Isa schat dat hij maar een paar jaar ouder is dan Jan.

'Jongens van die leeftijd zien meisjes van onze leeftijd niet staan, dat weet je toch?'

'Niet allemaal, hoor.' Isa glimlacht en gooit haar haar over haar schouder naar achteren.

'Je gaat me toch niet vertellen dat die Janny Depp van jou ook zo oud is, hè?'

'Nee, hij is jonger dan onze ober, maar hij is wel bijna drie jaar ouder dan ik.'

'Wat? Dan is hij net zo oud als mijn zus! Hoe kom je aan hem?'

Isa vertelt haar vriendin over de begrafenis en over Jan, die de mooiste jongen van het dorp was, maar ook de stomste. Ze vertelt over hoe vervelend hij deed en dat ze hem in het begin haatte, maar nu helemaal niet meer. Dat ze hem nu juist leuker vindt dan alle jongens die ze ooit heeft ontmoet. Leuker dan Tristan zelfs.

'Nog leuker dan Tristan? Dat kan niet.'

Isa knikt.

'Twee ijsthee.' De ober zet de bestelling op tafel en knipoogt naar Isa.

'Zag je dat?' Sofie zegt het met een enorme uithaal in haar stem. 'Hij knipoogde en hij zag mij niet eens zitten. Heb jij opeens iets waardoor je oudere jongens aantrekt?'

'Dat is omdat ik geen beugel heb en jij wel. Zo'n beugel maakt je heel erg jong.'

'Oké, maar vertel me even over die Jan. Vindt hij jou net zo leuk als jij hem?'

Isa vertelt over hun zoektocht naar het familiegeheim.

'Dus zijn vader was vroeger verliefd op jouw moeder?'

'Nee, zijn vader blijkt niet zijn vader te zijn. Maar dat maakt verder niet uit.'

'Weet je wat wel grappig is?'

Isa kijkt haar vriendin vragend aan. 'Nou?'

'Dat jij altijd verliefd wordt op jongens zonder vader. Tristan had geen vader, Jules had eerst geen vader en deze Jan heeft ook al geen vader.'

'Ik ben niet verliefd geweest op Jules. En bovendien, iedereen heeft een vader.'

'Ja, maar ik bedoel dat ze alle drie zijn opgevoed door hun moeder.'

'Maar verder lijken die drie jongens helemaal niet op elkaar. De een heeft krullen, de ander heeft stijl donkerblond haar en Jan heeft zwart haar. En hij heeft groene ogen. Had ik dat al verteld? Hij heeft echt zulke mooie ogen. En hij is heel lang en hij is razend knap.'

'Heb je een foto van hem?'

'Nee, maar als je op zijn vriendenpagina kijkt, kun je zien hoe hij eruitziet. Hij heet Jan Wazowski.'

'Wat een *weirdo* naam. Zo heet dat groene monster uit *Monsters Inc.*'

Opeens snapt Isa waarom die naam de hele tijd zo bekend

Izzy LOVE

heeft geklonken. Haar broertje heeft het altijd over Wazowski uit de tekenfilm. Maar hoe had ze een eenogig monster in verband kunnen brengen met de mooiste jongen van het land en de wereld en het heelal en alle postcodegebieden van het universum?

'Hallowaaaaa...' Sofie kijkt haar vragend aan.

'Ik vind het juist een heel mooie naam,' zegt Isa.

'Ja, maar jij bent verliefd, dan vind je alles mooi.'

'Maar hoe kom ik er nou achter of hij mij ook leuk vindt? Ik heb hem vorige week *gecrusht*, maar hij weet natuurlijk niet dat ik dat was.'

'*Gecrusht*? Heb je dat echt gedaan? Ik durf dat nooit. Maar als hij jou ook leuk vindt, en hij typt jouw naam in, dan krijg je vanzelf een *crush* terug.'

Ze voelt zich licht worden in haar hoofd. Stel dat hij inderdaad raadt dat zij het is geweest. Wat moet ze dan doen?

Wanneer ze die middag thuiskomt, zit haar moeder in de tuin op haar te wachten. 'Ik heb een verrassing voor je.'

Isa vraagt zich af of het te maken heeft met de brieven.

'Ik sprak Jack vandaag. Hij heeft een nieuwe vriendin.'

Isa kijkt haar moeder geschrokken aan. De verrassing zal toch niet zijn dat Jack haar heeft verteld dat hij haar in de trein tegenkwam?

'Hij is zo blij. Ze schijnt heel leuk te zijn. April heet ze, geloof ik.'

Isa trekt een vies gezicht. September, wil ze zeggen, maar ze houdt nog net op tijd haar mond. 'Leuk, voor Jack.'

'Ja, maar Jules mag het nog niet weten, dus je mag nog even niks zeggen. Ik vertelde Jack dat je Jules sowieso niks kunt zeggen, omdat je toetsenbord het niet goed doet. Maar het leuke is dat die nieuwe vriendin heel handig is met computers en volgens Jack kan ze je toetsenbord zo weer maken. Ik ben 'm vandaag gelijk even gaan langsbrengen. Ben je niet blij?'

'Wat fijn, dank je wel.' Nee, nee, nee, denkt ze. Niet nu ze wil kijken of Jan haar een hartje heeft teruggestuurd. De afgelopen dagen was ze het helemaal vergeten, maar nu ze Sofie over haar gekke liefdesverklaring heeft verteld, kan ze niet wachten. 'Mag ik even op jouw computer?'

'Max en zijn vriendje zitten er net achter.'

'Ik moet echt iets opzoeken voor school. Kun je ze niet even wegsturen?'

'School? Is de staking voorbij dan?'

'Nee, ze staken nog steeds, maar ik moet iets anders opzoeken.'

'Nou, vooruit dan.' Haar moeder loopt naar binnen om Max naar buiten te sturen.

'Dank je wel, mam.'

'Het is al goed, lieverd. Die jongens zitten toch maar de hele dag agressieve games te spelen. Ze weten niet eens meer hoe je gewoon buiten speelt. Ik was vroeger altijd buiten. De hele zomer lag ik in het zwembad of zat ik in een boomhut. Trouwens, over boomhut gesproken...'

Isa gaat snel achter de computer zitten en kijkt naar het scherm alsof daarop iets heel belangrijks te zien is.

'Ik kreeg vandaag een brief van Vera, mijn buurmeisje van vroeger. Ze had een envelop met brieven gevonden in het huis van mevrouw Meneer. Je weet wel, die buurvrouw die is overleden.'

'O, die ja,' zegt Isa, en ze klikt haar vriendenpagina open.

'Die Willem Koek, naar wie jij vroeg toen we gingen roeien, die heeft brieven aan mij geschreven die ik nooit heb gekregen. Heel raar.'

'En wat schreef hij?' Isa staart naar het scherm. Ze ziet dat ze twee berichtjes heeft ontvangen.

'Het waren liefdesbrieven. Heel apart. Misschien laat ik ze je nog wel een keer lezen wanneer je wat ouder bent. Ik heb Vera gelijk gemaild om haar te bedanken. Het is leuk om na zoveel jaar zulke brieven te krijgen.' Ze loopt zingend naar de tuin. '*Forever young, forever young,*' zingt ze.

Geheimen zijn houdbaar tot de houdbaarheidsdatum is verstreken, denkt Isa. En daarna worden het gewoon verhalen. Verhalen van vroeger.

Berichttype: Privébericht
Aan: IzzyLove
Onderwerp: Crush

Jan Wazowski heeft je teruggecrusht.

Berichttype: Privébericht
Aan: IzzyLove
Onderwerp: Helahola

Helahola, ja jij daar, miss Strombolov. Ik ben al een week
bezig om te ontdekken wie mij had gecrusht. Maar vandaag
had ik het dan eindelijk goed en zoals je ziet heb ik je meteen
teruggecrusht. Ik vind jou ook best leuk. Ik vind jou zelfs méér
dan leuk. Ik wil je graag zien voor de scholen weer beginnen.
Heb je zin om nog een keer met de trein hiernaartoe te
komen? Morgen ga ik samen met mijn moeder nieuwe kleren
kopen. Ik geloof dat ze heel erg haar best doet om alles goed
te maken. Ze heeft gezegd dat ze me niet kan vertellen wie
mijn vader is, omdat ze dat zelf ook niet weet. Maar het is niet
Willem Koek en ook geen balletdanser. Nu hoop ikzelf dat ik
een zoon ben van Ronaldinho, maar ik lijk helemaal niet op
hem – en ik kan ook niet voetballen – dus die zal het ook wel
niet zijn. Nou ja, dank je wel dat je me hebt geholpen. Het
was leuk om heel even te denken dat ik een vader had die met
een vliegtuigje in Zuid-Amerika is omgekomen. Mijn echte
vader woont waarschijnlijk gewoon drie dorpen verderop.
Genoeg hierover. Als je overmorgen hierheen komt, dan kom
ik je ophalen van de trein. Als je tenminste zin hebt om langs
te komen. Nee, je móét langskomen. X

test (voor jongens)

Ben jij een player of een prins?

Wil je weten of je een player of een prins bent? Doe dan de test.

1. Een groepje meisjes op school geeft in de pauze op het schoolplein cijfers aan jongens die voorbijlopen. Je hoort dat ze jou net een voldoende geven. Wat doe je?
   a. Je blijft voortaan in de pauze binnen.
   b. Je doet thuis extra push-ups in de hoop dat je de volgende keer een zeven krijgt.
   c. Je loopt nóg een keer langs ze, trekt je shirt omhoog en laat je geweldige sixpack zien.
   d. Je glimlacht en zegt tegen het meisje dat jij het leukste vindt: 'Ik geef jou een negen.'

2. Je bent al maanden verliefd op een meisje in je klas. Helaas zijn de meeste jongens in je klas dat ook. Wat doe je?
   a. Je doet niets. Nou ja, niets? Je hoopt dat ze op een dag ook verliefd wordt op jou.
   b. Je maakt haar elke dag een compliment en zwaait uitbundig naar haar, elke keer dat je haar tegenkomt.

c. Je houdt haar tegen op straat of in de gang op school en zegt zo zwoel mogelijk: 'Zo, schatje, dit is je geluksdag. Want ik ben zomaar uit de hemel komen vallen alleen voor jou.'

d. Je vraagt aan haar beste vriendin verkering, alleen om haar jaloers te maken.

3. Ben jij een player?
   a. Nee
   b. Nee
   c. Ja
   d. Ja

4. Ben jij een prins?
   a. Ja
   b. Ja
   c. Nee
   d. Nee

Heb je alleen a's of b's ingevuld? Gefeliciteerd, dan ben je een prins (of op z'n minst een kikker). Uiteindelijk zullen alle meisjes verliefd op je worden (nou ja, niet *allemaal* natuurlijk).

Heb je alleen c's en d's, dan ben je een player. Meisjes vinden je waarschijnlijk een stuk leuker als je gewoon aardig tegen ze doet. Het gaat er niet om of zij jou geweldig vinden, maar dat jij hén leuk vindt.

17

Vandaag is een superduperdag. Jack heeft vanochtend Isa's laptop teruggebracht, met een gloednieuwe letter w. Ze typt dertig keer achter elkaar Wazowski, met een hoofdletter.

Ze probeert zich te herinneren wat ze zo vervelend aan hem vond, die eerste keer dat ze hem ontmoette. Had ze niet tegen zichzelf gezegd dat je altijd op de eerste indruk moet afgaan? En de allereerste keer dat ze hem had gezien, had ze hem alleen maar prachtig gevonden. Bij hem vergeleken was zelfs Johnny Depp, op wie Sofie gek is, een lelijke trol.

Morgen gaat ze hem zien. Alleen hem. Niet de boomhut, niet de kamer op zolder, niet de jeugdfoto's van haar moeder, maar alleen Jan, gewoon omdat hij haar wil zien.

Ze staart naar het scherm van haar laptop. Waarom doet ze zo ingewikkeld door hem te *crushen* op internet? Waarom zegt ze niet gewoon dat ze smoorverliefd op hem is? Dat ze bijna niet kan slapen omdat ze de hele tijd aan hem moet denken. Dat ze geen hap door haar keel krijgt omdat ze misselijk is van verliefdheid. Dat ze zijn naam wel honderd keer in de zoekmachine heeft ingetypt en dat ze zelfs zijn straat en zijn huis met Google Earth heeft bekeken. Wat kan er gebeuren als ze dat allemaal zegt? Zal hij dan schrikken en zeggen dat hij haar nooit meer wil zien? Zal hij zeggen dat ze veel te jong voor hem is en dat hij haar wel aardig vindt, maar dat het door dat reusachtige leeftijdsverschil nooit iets kan worden tussen hen?

Pling!

Isa schrikt op van het MSN-piepje op haar computer.

Jan Wazowski wil je toevoegen op MSN. Klik hier om te accepteren.

Met bonzend hart klikt ze op 'accepteren'.

Jansen zegt:
Ha, ik heb je gevonden!

**

IzzyLove – NO MORE SCHOOL zegt:
Hé, moest jij niet shoppen met je moeder?

**

Jansen zegt:
Vanmiddag pas. Ik heb net je website bezocht. Ziet er goed uit. Handige tips ook ☺.

**

IzzyLove – NO MORE SCHOOL zegt:
Niet allemaal lezen, hoor...

**

Jansen zegt:
Te laat ☺. De neven van de buurvrouw zijn trouwens vandaag begonnen met het huis leeg te halen. Wij waren daar net op tijd weg, pfoei.

**

IzzyLove – NO MORE SCHOOL zegt:
Heb je al gehoord dat de scholen weer beginnen maandag?

**

Jansen zegt:
Je moet je screennaam veranderen.

**

IzzyLove – BACK TO SCHOOL zegt:
Zo goed?

**

Jansen zegt:
Beter.

**

IzzyLove – BACK TO SCHOOL zegt:
Jij mag je naam ook wel veranderen. Wie noemt zichzelf nou Jansen?

**

Jan ❤ Izzy zegt:
Zo beter?

**

IzzyLove ❤ Jan 2 zegt:
Perfect.

**

Jan ❤ Izzy zegt:
Hé, wat doet die 2 daar????

**

IzzyLove ❤ Jan 2 zegt:
Dat betekent 'too'...

**

Jan ❤ Izzy zegt:
Dus jij ❤ ook van mij?

**

IzzyLove ❤ Jan 2 zegt:
Nee, hoezo?

Terwijl ze op de enterknop drukt, heeft ze al spijt van haar stomme grap. Natúúrlijk is ze verliefd op hem. En er is geen makkelijkere manier om dat te zeggen dan zo. Bijtend op haar nagels wacht ze op antwoord, maar het blijft veel te lang stil.

Jan ❤ Izzy zegt:
Ha, daar ben ik weer. Mijn moeder riep. Ik moet zo weg.

Hoe kun je zo stom zijn, denkt Isa. Gek, raar, onbegrijpelijk kind. Wat ben je aan het doen? Wil je alsjeblieft heel snel iets aardigs tegen hem zeggen? Zeg dat je hem leuk vindt. Dat dat hartje niet voor niets in je MSN-naam staat. Met trillende vingers typt ze wat ze al die tijd al heeft willen zeggen. Ze hoeft alleen nog maar op enter te drukken.

IzzyLove ❤ Jan 2 zegt:
Die 2 staat daar omdat ik je zo leuk vind. Maar ik durf niet goed te zeggen dat ik, eh... verliefd op je ben. Ik moet nu weg. Mijn moeder roept ook. Daaaaaag.

Isa houdt van schrik haar hand voor haar gezicht. Ze heeft het gezegd. Zo moeilijk was het niet eens. Hoewel? Waarom schrijft hij niks terug? Ze bijt op een van haar nagels tot er een rafelrandje aan zit. Ze kijkt naar het klokje onder in haar computerscherm. Er is al een minuut voorbij en hij heeft nog steeds niet geantwoord. Ze klikt naar een ander scherm en kijkt naar zijn foto. Ik had het nooit moeten zeggen, denkt ze. Hoe heeft ze zo idioot kunnen zijn? Hij maakte maar grapjes met zijn stomme hartje in zijn MSN-naam. Hoe heeft ze kunnen denken dat zo'n prachtige jongen ook maar een beetje verliefd op haar zou zijn? Hij schreef natuurlijk niet voor niets dat zijn moeder riep. Hij hoeft helemaal niet weg. Hij wil alleen maar weg van haar.

Ze klikt zijn foto weg en ziet op hetzelfde moment een nieuw MSN-bericht.

Jan ♥ Izzy zegt:
Izzy, ik durf het ook niet goed te zeggen, maar ik vind jou ook behoorlijk leuk. Al een tijdje eigenlijk. Ik heb je net een liedje gestuurd via iTunes. Ik hoop dat je het mooi vindt.

Hij is ook verliefd op mij. Isa knijpt haar handen tot vuisten en bijt hard op haar onderlip. Wat schreef Willem ook al weer in een van zijn brieven? O ja, dat liefde zo eenvoudig kan zijn. Ze voelt honderd triljoen vlinders in haar buik. Maar ze voelt ze ook in haar hoofd en in haar armen. Haar hele lichaam is een kooi met vlinders. Ze opent haar iTunes en downloadt het liedje dat hij heeft gestuurd. '*Let's waste time, chasing cars,*' zingt de zanger. Tijd verlummelen door achter auto's aan te zitten; het is niet zo romantisch als ze had gedacht, maar misschien houden jongens niet van zwijmelmuziek, zoals zij.

IzzyLove ♥ Jan 2 zegt:
Wat een mooi liedje, dank je wel! <3.

**

Jan ♥ Izzy zegt:
Mijn moeder staat nu echt onder aan de trap te roepen. Ik moet gaan. Maar wil je nog één ding voor me doen?

**

IzzyLove ❤ Jan 2 zegt:
Natuurlijk!

**

Jan ❤ Izzy zegt:
Wil je mijn vriendinnetje zijn?

Met het volume van haar iPod op de hoogste stand fietst ze naar Cato, die net is teruggekomen van wiskundekamp. Van haar ouders mag Isa niet met haar iPod op fietsen, omdat ze bang zijn dat ze dan de auto's niet meer hoort. Maar vandaag kan ze niet anders dan naar muziek luisteren. Ze heeft het liedje van Jan op *repeat* staan en in haar hoofd zingt ze kei-hard mee.

'Wat fijn dat je gelijk kon komen,' zegt Cato, die nog bezig is haar tas uit te pakken.

'Ik heb je gemist,' zegt Isa, die, tot Cato belde, geen seconde aan haar beste vriendin heeft gedacht. 'Hoe was je strafkamp?'

'Het was zó te gek. Het werd georganiseerd door de enige leraar in het land die niet staakte. Hij had een heel grote schuur ergens in het noorden en daar sliepen we met z'n allen op matrassen op de grond. Overdag losten we in groepjes rekenraadsels op. De eerste dagen waren afschuwelijk, maar toen ontmoette ik een heel leuke jongen.'

'Ah, *l'amour*,' zegt Isa, die neerploft op de bank.

'Hij heet Donald, zijn moeder komt uit Suriname, zijn vader uit het hoge Noorden.'

'En hij heeft drie neefjes die Kwik, Kwek en Kwak heten,' zegt Isa.

'Nee, serieus, hij was echt zó leuk. En heel grappig. En volgens mij vond hij mij ook wel leuk.' Cato kijkt zwijmelend omhoog.

'Heb je gezegd dat je hem leuk vond?' vraagt Isa.

'Doe niet zo gek, natuurlijk niet.'

'En kun je nu heel goed rekenen?'

Cato haalt een schrift uit haar tas en laat het aan Isa zien. 'Moet je zien wat een krankzinnig moeilijke sommen. Die kan ik allemaal maken.'

Isa kijkt haar vriendin aan en ze fronst haar wenkbrauwen. 'Heb ik nu een nerd als beste vriendin?'

'Moet je horen. Een man kijkt naar een foto. Iemand vraagt wie de jongen op de foto is. De man zegt: 'Ik heb geen broers of zussen, maar de vader van deze jongen is de zoon van mijn vader.' Cato kijkt Isa stralend aan. 'Naar wie kijkt hij?'

'Naar zijn zoon,' zegt Isa, die niet begrijpt wat er moeilijk aan dit raadsel is.

'Jemig, wat ben jij toch een slimbo,' zegt Cato een beetje teleurgesteld.

'Ik ben niet zo slim, hoor,' zegt Isa, 'maar ik ben de laatste tijd toevallig heel goed in raadsels oplossen.'

whatever

Hoe vertel je een jongen of een meisje op wie je verliefd bent dat je verliefd bent? En andere waanzinnig handige tips van IzzyLove.

Wil je iemand laten weten dat je op hem of haar verliefd bent? Laat dan mérken dat je diegene leuk vindt. Jongens kunnen namelijk niet in jouw hoofd kijken – meisjes trouwens ook niet. Dus ook al denk jij dat die heel leuke jongen op school of dat ene heel leuke buurmeisje wel doorheeft dat jij verliefd bent: denk nóg een keer!

Stel je de volgende scène voor: Je loopt over straat. Je bent op weg naar de supermarkt om boodschappen te doen. Naast je fietst een jongen die je wel eens op school hebt gezien. Hij zegt hoi. Jij zegt hoi terug. Even later kom je hem in de supermarkt tegen. Hij zegt weer hoi en laat een pak melk uit zijn handen vallen. Je wil hem helpen, maar dan komt er al iemand van de supermarkt met een dweil en een emmer water en je loopt door.

Vraag: is deze jongen verliefd op jou? A. Ja, natuurlijk!
B. Nee, hoezo?

Stel je nu voor dat je die jongen bent. Je bent smoorverliefd op een meisje. Je hebt haar al een paar keer op
school gezien en je vindt haar heel erg leuk. Een keer
heeft ze naar je gelachen toen je je fiets naast die van
haar zette. Maar misschien lachte ze wel naar haar
vriendin die achter jou stond. Vandaag fiets je naar de
supermarkt en zie je haar opeens op straat lopen. Je
verzamelt al je moed en zegt hoi. Helaas zeg je het te
zacht en ze hoort het niet. Je gaat wat langzamer fietsen
en probeert het nog een keer, nu wat harder. Hoi, zeg
je. Ze zegt hoi terug. Je weet zeker dat ze jou ook leuk
vindt, want anders had ze geen hoi gezegd. In de
supermarkt kom je haar weer tegen. Waarschijnlijk heeft
ze gezien dat jij je fiets voor de deur hebt gezet, en ze
is ook naar binnen gegaan. Wanneer je haar ziet lopen,
beginnen je benen te trillen. Wanneer ze vlakbij is, laat
je je pak melk vallen. Je schaamt je dood. Maar nu moet
ze wel weten dat jij verliefd bent. Ze wil naar je toe
komen om je te helpen, maar helaas komt er net
iemand van de supermarkt aan met een dweil en een
emmer water. Zij loopt snel weg. Waarschijnlijk durft
ze niet met je te praten of is ze bang dat je ziet dat ze
bloost.

Vraag: heeft dit meisje door dat jij verliefd op haar bent?
A. Ja, en het is waarschijnlijk wederzijds. B. Zie A.

Het antwoord op beide vragen is dat dit niet de manier is
om je verliefdheid te laten blijken. Denk niet de hele tijd
dat wat jij in je hoofd voelt zó duidelijk is dat anderen
dat van een kilometer kunnen zien. Ook al heb jij het
idee dat er in neonletters op je voorhoofd staat dat je
verliefd bent, het staat er niet. Denk daar dus aan als je
iemand leuk vindt. Je mag best een beetje overdrijven in
het laten zien van je interesse!

18

Cato woont in een appartement dat bijna net zo groot is als Isa's huis, maar dan helemaal op één verdieping. De woonkamer heeft een glazen wand die je met één zwiep opzij kunt duwen. Daarachter is een balkon zo groot als de woonkamer, dat Cato altijd het 'terras' noemt. 'Terras' klinkt wel goed, vindt Isa. Cato's moeder houdt niet van tuinieren, maar ze houdt wel van planten. Daarom komt er af en toe een tuinman die voor de planten zorgt die overal in grote stenen potten staan. De tuinman heeft overal dunne zwarte tuinslangen neergelegd waardoor de planten elke dag vanzelf water krijgen.

Isa wil later ook zo'n terras, heeft ze bedacht. En ook een tuinman. Ze ligt languit op een witte ligstoel onder een zwarte parasol. Ik geef mijn leven een negen, denkt Isa. Ze heeft besloten om haar leven vanaf vandaag elke dag een cijfer te geven. Ze doet haar ogen dicht en voelt de warmte van de zon dwars door de parasol op haar gezicht. Hier ligt ze, op het mooiste terras van de stad, in het huis van haar liefste vriendin, wachtend tot ook haar andere vriendin, Sofie, langskomt. Cato is naar binnen gegaan om cola, fruit en koekjes te halen en er is helemaal niets wat ze hoeven te doen, behalve hier liggen en wachten tot de scholen weer beginnen. Maar het mooiste, denkt Isa, het mooiste van deze dag, is dat Jan haar heeft gevraagd of ze zijn vriendinnetje wil zijn. Ze heeft nu officieel ver-ke-ring. En al vindt ze 'verkering' een ontzettend stom woord, ze is blij dat ze het heeft. Deze dag is geen negen, deze dag is een tien!

'Wakker worden!' Cato schreeuwt keihard in Isa's oor en begint dan te lachen, omdat ze haar vriendin zo aan het schrikken heeft gemaakt. 'Waar dacht je aan?'

Isa heeft Cato nog niet over Jan verteld. Haar vriendin was zo blij met haar wiskunde-Donald, dat ze het zielig vond om gelijk over haar eigen Wazowski te beginnen. 'Ik dacht aan Sofie, die nu achter je staat.'

'Hallo, meisjes.' Sofie heeft knalgele pumps en een fluorescerend roze jurkje aan.

'Wat een geweldige schoenen,' zegt Isa.

'Dubaaaaaaaaaai,' zegt Sofie, en ze ploft neer op een van de ligstoelen, schopt haar schoenen uit en laat haar armen naast zich op de grond hangen. 'Ik ga dood van de hitte.'

'In Dubai was het zeker koud,' zegt Isa.

'Nee, het was er zestig graden, maar er is overal airco. Je hebt er zelfs een skibaan midden in de woestijn. Daar zie je gesluierde vrouwen met ski-jacks aan naar beneden boarden, echt zóóó grappig.'

'Wat deed je vader daar eigenlijk?' vraagt Isa.

'Die is eilanden aan het bouwen voor de kust.'

'Dus jij lag lui aan het zwembad van je negenhonderdsterrenhotel, terwijl je arme vader in de hitte aan het bouwen was.'

'Ja, haha, hij bouwt die dingen natuurlijk niet zelf. Dat doen anderen. Hij zit gewoon de hele dag te vergaderen met allemaal oliesjeiks, die trouwens in paniek waren, zei mijn vader, want het geld in Dubai schijnt op te zijn.'

Isa denkt aan de afgelopen weken en aan hoe ze het allemaal voor geen goud had willen ruilen voor de Dubaireis van Sofie of voor het wiskundekamp van Cato.

Cato zit in kleermakerszit tussen Isa en Sofie in en knabbelt op een stuk appel. 'Volgende week begint school weer.'

'O, gadver,' zegt Sofie, en ze trekt er een vies gezicht bij.

'Nee, leuk juist,' zegt Cato.

Isa en Sofie kijken elkaar aan en trekken rare gezichten. 'U bent geloof ik niet helemaal lekker in uw hoofd,' zegt Sofie, die haar zonnebril naar het puntje van haar neus heeft geschoven en op haar voorhoofd wijst.

'Ze is verliefd op een nerd,' zegt Isa.

Sofie kijkt van de een naar de ander, rolt met haar ogen en gebaart met haar handen in de lucht. 'Meisjes, ben ik de enige hier die niet verliefd is?'

'Isa, ben jij óók verliefd?' vraagt Cato. 'Waarom heb je me dat niet verteld?'

'*Ik* ben niet alleen verliefd, maar hij óók.'

'En wie is *hij*?' vraagt Cato.

'Hij is Janny Depp,' zegt Sofie.

'En dat is...' zegt Cato vragend.

'Hij heet Jan,' zegt Isa. 'Jan Wazowski en hij is de leukste, knapste, grappigste, slimste en liefste jongen die ik ooit heb ontmoet.'

'Mag ik even overgeven?' Sofie doet alsof ze haar vinger in haar keel stopt.

'Sofie, doe niet zo onaardig. Wacht maar tot jij verliefd bent op een jongen,' zegt Cato.

'Misschien hou ik wel van meisjes.' Sofie schudt met twee handen haar bos met krullen heen en weer.

'Nou, dan wacht je tot je verliefd bent op een meisje,' zegt Cato, 'dan vind je het ook niet leuk als anderen grappen daar-over maken.'

'Ik hou niet van grappen,' zegt Sofie. 'Het probleem is dat je er soms zo van moet lachen.'

'Ik vertel je een andere keer wel over hem,' zegt Isa. 'Laten we nu iets leuks gaan doen. Het zijn onze laatste dagen in vrijheid.'

'We kunnen *kamertonnen*,' zegt Cato.

'Kamertonnen?' Isa en Sofie schieten allebei in de lach.

'Ja, dat speel ik soms met mijn moeder. Dan spannen we een net in de kamer en dan spelen we badminton met een strandballon.'

'Dat klinkt meer als beachvolley in de woonkamer,' zegt Isa.

'Ja, misschien kunnen we eerst wat zand gaan scheppen uit de zandbak in het park en dat strooien we hier dan op de vloer uit. Vindt je moeder vast geen probleem,' zegt Sofie. 'Kunnen we niet op het terras spelen? Dan noemen we het *terrastonnen*.'

'Of *balkontonnen*,' zegt Isa.

'Geloof me nou maar,' zegt Cato, 'het is echt hartstikke leuk. Maar we moeten het wel binnen spelen, want het is hier buiten snikheet.'

Cato schuift de glazen wand dicht, zet de airco aan en hangt het net op. 'We moeten alleen even teams maken.'

'Als jij en Isa tegen elkaar spelen, dan zagen jullie mij gewoon doormidden,' zegt Sofie.

Twee uur later liggen ze met z'n drieën uitgeput op de bank. 'Ik kan niet meer,' zegt Isa. 'Ik wist niet dat kamertonnen zo vermoeiend was.'

'Ze zouden er een olympisch onderdeel van moeten maken,' zegt Sofie. 'Dan kunnen we goud halen met damesdubbel kamertonnen.'

'Zal ik wat te drinken halen?' vraagt Cato.

'Doe maar warme *sjoekoelademelk*,' zegt Isa. 'Ik begin het opeens heel koud te krijgen. Kan die airco niet uit, of dat raam weer open?'

'Ik heb het ook ijskoud,' zegt Sofie, die een fleecedekentje om haar schouders heeft geslagen.

'We kunnen wel doen alsof het winter is,' zegt Cato. 'Dan zet ik de airco gewoon op de hoogste stand.'

'Als ik een muts en een das mag lenen, vind ik het goed,' zegt Isa. Ze moet lachen wanneer ze even later een wollen vest van Cato's moeder aan heeft, een schaatsmuts op en een paar skihandschoenen aan.

'Weet je wat we kunnen doen?' Sofie giert het bijna uit van

het lachen. Ze heeft een gewatteerd jack aan en een muts op van nepbont. 'We kunnen zo naar buiten gaan en dan foto's nemen van onszelf bij het kinderbadje in het park.

'Ja,' zegt Sofie. 'En dan doen we het in de winter net andersom. Dan gaan we in onze bikini's naar buiten in de sneeuw.'

Met vuurrode hoofden liggen ze na hun fotosessie op het gras. Hun winterjassen en mutsen als kussentjes onder hun hoofd. Ze hebben bijna honderd foto's gemaakt van henzelf in hun winterkleren bij het zwembadje.

'Moet je deze zien,' zegt Cato. 'Hier lijkt het echt winter, en dan loopt er zo'n vrouw in bikini op de achtergrond.'

Isa bladert door het fotoalbum op haar telefoon. 'En moet je deze zien. Sofie in een ski-jas en met skihandschoenen met al die kinderen met hun zwembandjes om.'

'Ja, maar van de winter hebben wij die bikini's aan en dan loopt die mevrouw in een winterjas,' zegt Cato.

'Op de een of andere manier lijkt me dat dan weer minder grappig.' Sofie slaat een vlieg weg die voor haar gezicht zoemt.

'Ik heb zo'n dorst,' zegt Isa. 'Het is echt tropisch heet.'

'Ja, zaten we maar op school,' zegt Cato. 'Lekker in een koel klaslokaal.'

Sofie wijst naar een groepje spelende kinderen. 'We kunnen die hoelahoep afpakken van dat meisje daar. Even doorzagen en dan kun je het water dat erin zit drinken.'

'Nee, dat vind ik zielig,' zegt Cato.

'Of we kunnen aan de moeder van dat meisje vragen of we een bekertje limonade mogen.'

'Durf je dat?'

'Ik durf alles tegenwoordig,' zegt Isa. Ze denkt aan alle enge dingen die ze de afgelopen tijd heeft gedaan. Ze heeft in het huis van een dode vrouw rondgelopen, ze heeft haar moeder en Vera naar hun familiegeheimen gevraagd en ze heeft tegen Jan gezegd dat ze verliefd op hem is. Hoe meer enge dingen je doet, hoe beter je erin wordt.

'Durf je ook een spin op te eten?' vraagt Sofie.

'Dat durf ik wel, maar ik vind ze niet lekker.'

'Weet je wat ík niet durf?' Cato is rechtop gaan zitten en kijkt naar haar vriendinnen, die languit in het gras liggen. 'Ik durf nooit zo goed jongens aan te spreken. Ik denk altijd dat ze me stom vinden. Maar ook als ik weet dat ze me leuk vinden, zoals Donald, dan durf ik het nóg niet.'

'Weet je wat helpt?' Isa denkt aan haar website waarop ze dit probleem al zo vaak heeft besproken. 'Het helpt om te bedenken dat jongens het net zo eng vinden om meisjes aan te spreken, echt waar. Maar je moet het gewoon dóén. Hoe vaker je het doet, hoe makkelijker het wordt.'

'Nou, dan ga ik dat voortaan doen. Dank je wel voor het advies.'

'Ik meen het,' zegt Isa tegen Cato. 'Heb je het e-mailadres van Donald?'

'Mag ik even zeggen dat ik het echt een heel grappige naam vind? Donald, de vrolijke eend.' Sofie kan het niet zeggen zonder te lachen.

'En zijn broer heet Mickey,' zegt Isa.

'En zijn zus Katrien.' Sofie proest het uit.

'Ik vind jullie flauw.' Cato is met haar rug naar haar vriendinnen gaan zitten.

'Sorry, Catootje,' zegt Isa. 'We maken maar grapjes. Zullen we bij mij thuis op de computer kijken hoe Donald eruitziet? Dan laat ik jullie gelijk ook de foto's van Jan zien.'

Op weg naar huis denkt Isa aan morgen. Ze heeft haar moeder gevraagd of ze alleen met de trein naar Jan mag. En daar is helemaal niets saais aan. Maar hier een dag met haar vriendinnen rondhangen, kamertonnen, foto's maken en kletsen is ook helemaal niet saai.

'Kijk,' zegt Isa, en ze wijst op de foto van Jan op het beeldscherm. 'Dat is hem.'

'Olala.' Sofie rolt met haar ogen. *He is not ugly.*'

'En hij is verliefd op jou?' Cato kijkt met opgetrokken wenkbrauwen naar Isa.

'Je kijkt me aan alsof dat heel raar is.'

'Nee,' zegt Cato snel, 'zo bedoel ik het niet. Het was een vraag.'

'Hij heeft vanochtend gevraagd of ik zijn vriendinnetje wil zijn.' Isa krijgt het nog warmer nu ze het hardop zegt.

'Wow.' Sofie steekt twee duimen omhoog en beweegt haar hoofd van links naar rechts en terug. *He is your man.*'

'Nou ja, man,' zegt Isa. 'Ik vind hem heel leuk en hij vindt mij ook leuk, en ik heb via MSN gezegd dat ik wel zijn vriendinnetje wil zijn. Meer niet.'

'Sweetie,' zegt Sofie met een zwoel accent, 'waarom doe je zo nuchter?'

'Hij is wel echt leuk,' zegt Cato. 'Willen jullie Donald ook zien?'

Isa en Sofie wachten tot zijn profielpagina is geladen.

'Tadaaaaaaa!' zegt Cato.

'*Oh my!*' Sofie legt haar hand op haar hart. 'Hij is nog *cuter* dan die Janny Depp.'

'Ik zal nooit meer flauwe grapjes over zijn naam maken,' zegt Isa. 'En ik wil volgende keer ook naar dat wiskundekamp.'

Terwijl ze met hun gezichten tegen elkaar voor het beeldscherm zitten, steekt Isa's moeder haar hoofd om de hoek van de deur. 'Mag ik binnenkomen?'

'Hoi, mam.'

'Meisjes, hebben jullie het niet veel te warm hier op die kamer? Waarom komen jullie niet gezellig buiten zitten met een glaasje limonade?'

'We komen zo. We moeten nog even iets opzoeken voor maandag.' Snel klikt Isa de foto's van Donald en Jan weg. 'Hebben jullie dat ook?'

Sofie en Cato kijken haar vragend aan.

'Mijn moeder is nooit thuis. Maar als ze een keer thuis is, zoals nu, dan wil ze altijd gelijk kopjes thee drinken en glaasjes limonade.'

'Ja, met koekjes erbij, dat doet mijn moeder ook.' Cato zegt het met een zucht.

'Of dan moeten we gezellig praten over hoe het op school was,' zegt Isa.

'Ik zou willen dat mijn moeder dat deed,' zegt Sofie. 'Mijn moeder werkt niet, die vindt het heel normaal dat ze er is wanneer ik van school kom. Die ligt de hele dag met hoofd-pijn op de bank. Dát is pas erg.'

'Nee, dat is juist gezellig,' zegt Isa.

'En handig,' zegt Cato. 'Dan hoef je nooit zelf brood te gaan halen na schooltijd omdat er niets te eten is in huis.'

'Jullie hebben allebei heel leuke moeders en jullie hebben allebei heel leuke vriendjes en jullie zijn allebei aan het zeu-ren, zo!' Sofie slaat haar armen over elkaar en knijpt haar lip-pen stijf dicht.

'Ah, Sofietje.' Isa slaat haar arm om haar vriendin heen. 'Ik ben blij om je weer te zien. Ik heb jullie wel gemist, hoor.'

Aan: Izzy@izzylove.nl
Onderwerp: Smoorverliefd

Ik ben al heel lang smoorverliefd op een meisje. En zij op
mij!!!! Eindelijk is het zover en hebben we verkering. Maar
ik ben nog steeds zo verliefd, dat ik nauwelijks naar haar toe
durf te gaan, hoe graag ik dat ook wil. Terwijl we verkering
hebben! Zij heeft geloof ik hetzelfde probleem... Ik weet echt
niet meer wat ik moet doen. Kun jij me helpen?

Groetjes van Laszlo

Aan: Laszlo@klas.nl
Onderwerp: Re: Smoorverliefd

Verkering betekent 'omgang', of: dat je met elkaar omgaat. En dat is precies wat je moet doen. Nu je verkering hebt, betekent het niet dat je elke avond hand in hand op de bank moet zitten of de hele dag zoenend in het gras moet liggen. Je moet gewoon samen leuke dingen doen. Bel haar op, neem haar mee naar de film, vraag of ze bij je wil komen eten, stuur haar sms'jes om te zeggen dat je haar zo leuk vindt, ga samen schaatsen/fietsen/wandelen/ijsjes eten bij de snackbar. En als je het echt heel moeilijk vindt, dan moet je maar even denken dat ze gewoon een vriendin is en doe dan dezelfde dingen die je ook met je vrienden doet (behalve wedstrijden boeren laten en wedstrijdjes wie het verst kan plassen). Hoe meer tijd je met elkaar doorbrengt, hoe leuker die verkering is.

IzzyLove

19

Een uur lang heeft Isa voor haar spiegel gestaan om te bedenken wat ze aan zal doen vandaag. Ze heeft al haar zomerkleren al aangehad en heeft uiteindelijk voor een spijkerbroek en een strak T-shirt gekozen, omdat haar dat het beste staat en ook omdat ze zich daar lekker in voelt. Ze heeft haar moeders Prada-teenslippers geleend en ze heeft grote oorbellen in gedaan. Ze heeft extra veel mascara op gedaan zodat ze er ouder uitziet. Ze heeft haar ouders zover kunnen krijgen dat ze alleen met de trein naar Jan mag. Niet stiekem, maar met een door haar ouders betaald treinkaartje.

'Denk je dat je het kunt vinden?' Haar moeder legt een briefje voor haar op tafel met daarop de route getekend van het station naar het huis van Vera.

Hoe kan ze haar moeder vertellen dat ze die route met haar ogen dicht nog zou kunnen lopen?

'Verdwaal je niet, liefje? Neem je je telefoon mee?'

'Ik zal je bellen zodra ik meegenomen word door aliens. Nee, ik bel je zodra ik in de verte een ufo zie. Of als er een engerd uit de bosjes springt of als de trein ontspoort en ik door het raampje naar buiten word geslingerd, dan ben jij de eerste die het te horen krijgt.'

'Oké,' zegt haar moeder lachend. 'Je hoeft me niet te bellen. Als je maar geen gekke dingen doet en op tijd thuis bent en als je...'

'Ik ben geen kleuter meer, mam.' Ze slaat haar armen om haar moeders nek en zoent haar op haar wang.

Op de fiets stroomt het zweet in dunne straaltjes langs haar rug. Het lijkt wel alsof het elke dag warmer wordt. Nooit zal ze deze waanzinnige weken meer vergeten. Toen de leraren gingen staken en de scholen dichtgingen. Toen het elke dag zomer was.

MAAK KANS OP EEN MEET & GREET MET JAN, staat er in rode letters op een affiche bij het station. Isa moet lachen. Een 'meet & greet', dat is precies wat ze vandaag gaat doen, maar niet met Jan Smit de zanger. Over drie kwartier ziet ze haar eigen Jan weer. Hij komt haar ophalen van het station. Isa doet de oordopjes van haar iPod in en luistert naar het liedje dat hij haar gisteren heeft gestuurd. *If I lay here, if I just lay here, would you lie with me and just forget the world?* Ze heeft het liedje nog maar zevenduizend keer beluisterd, maar ze kent de tekst nu al uit haar hoofd. *'I don't quite know how to say how I feel,'* zingt de zanger. Het is alsof ze de muziek niet alleen met haar oren hoort, maar in elke cel van haar lichaam. Maar niet alleen de muziek klinkt anders, het is ook alsof haar ogen meer zien. Alsof de wereld letterlijk meer kleur heeft. Het weiland waar de trein doorheen rijdt is van een kleur groen die bijna pijn aan je ogen doet, de lucht is lichtgevend blauw en zelfs het zeil op de vloer van de treincoupé is niet meer grijs.

Ze weet zeker dat ze zich ook zo heeft gevoeld toen ze verliefd was op Tristan, maar toen is haar helemaal niet opgevallen hoe mooi alles om haar heen ervan werd. LVT, Lieve Voorbije Tristan. Nooit had ze gedacht dat ze over hem heen zou komen en nu zit ze hier lachend en smoorverliefd in de trein op weg naar een jongen die ze misschien nog wel leuker vindt dan ze haar eerste vriendje ooit heeft gevonden. Ze haalt de brief van Willem uit haar zak. Dat liefde zo eenvoudig kan zijn, schrijft hij. *'All that I am, all that I ever was, is here in your perfect eyes,'* zingt de zanger in haar oren. Nog even en dan kijkt ze in de perfecte ogen van...

'Vergeet bij het verlaten van de trein uw bagage niet,' klinkt opeens de stem van de conducteur door de intercom. Door al dat gedroom is Isa bijna vergeten om uit te stappen. Snel staat ze op en ze rent naar de deur.

Op het perron voelt ze haar benen heel zwaar worden. Als twee blokjes beton hangen ze aan haar bovenlichaam. Plonk, plonk, klinken haar voeten op de tegels. Haar hart gaat als een razende tekeer. Zo eng vindt ze het opeens om hem te ontmoeten.

Ze herinnert zich hoe ze als kind probeerde om niet op de lijntjes van de tegels te lopen. Het lijkt wel honderd jaar geleden sinds ze dat voor het laatst heeft gedaan. Heel voorzichtig stapt ze op haar tenen van tegel naar tegel. Ze is weer zes jaar en de wereld bestaat alleen maar uit heel veel tegels. Als ze op vijftig tegels stapt zonder de lijnen te raken, dan zal ze niet meer zenuwachtig zijn. Een, twee, drie, vier...

'Wat doe jij nou?'

'Ik, eh, tel de tegels van het perron.'

Jan staat vlak voor haar aan het einde van het perron. 'Je bent een grappig meisje,' zegt hij.

Ze herinnert zich nog de eerste keer dat hij dat tegen haar zei, toen hij vroeg of ze bij hem achter op de fiets wilde. Ze kijkt hem aan. Hij heeft een wit poloshirt aan waardoor zijn gezicht nog bruiner lijkt dan het al is. Hij lacht en zijn tanden lijken wel uit een tandpastareclame te komen. Hij heeft een korte broek aan, iets wat de meeste jongens niet goed staat, vindt ze, maar bij hem staat alles leuk. Zelfs als hij een 'SpongeBob SquarePants'-pak zou dragen, zou het hem nog goed staan.

'Hoi.' Het is het enige wat op dit moment uit haar mond komt. *Ik bedoel: dag allerleukste, -knapste, -grappigste, -mooiste, -liefste, meest bijzondere, coole Jan.*

'Wat goed dat je bent gekomen. Kom, dan trakteer ik op ijs.' Hij slaat zijn arm losjes om haar schouders.

O nee, denkt Isa. Ze heeft nog nooit naast een jongen gelopen die zijn arm om haar heen sloeg. Ze probeert op precies hetzelfde moment haar linker- en rechterbeen naar voren te zetten, om maar niet uit de maat te lopen. Ze kijkt naar zijn voeten en telt in gedachten mee: links, rechts, links.

'Ben je nou wéér de tegels aan het tellen?'

Ze struikelt bijna en kijkt snel omhoog. Rustig blijven, denkt ze. Net als met dansles, gewoon ontspannen en meelopen. Die ene keer dat ze op school dansles heeft gehad, bleek ze geen natuurtalent maar een natuurrámp te zijn. De jongens moesten 'leiden', zoals de danslerares dat noemde, en als meisje moest je meegaan met elke stap die je danspartner zette. Maar de jongens uit haar klas konden helemaal niet dansen en uiteindelijk was ze gestruikeld en boven op Felix, haar danspartner, gevallen.

'Kom, dan neem ik je mee naar de beste ijssalon van het dorp. Het zijn Italianen die zelf hun ijs maken. Hun geheim is dat ze in de ijsmachine spugen.'

'Gadver,' zegt Isa, en ze steekt haar tong uit.

Isa herkent de winkel direct. Onder de groen-wit-rode luifel staan een paar marmeren tafeltjes met aluminium stoelen. Binnen duwen mensen elkaar bijna opzij, zo druk is het.

'Hoe vind je het citroen-met-spuugijs?' Ze zitten op een bankje onder de bomen aan de overkant van de ijswinkel.

'Lekker,' zegt Isa. 'Wil je een hapje?'

'Nee, ik hou meer van chocolá met spuug.'

'Weet je trouwens hoe ze die nootjes maken, die jij op je ijsje hebt?' Ze probeert haar gezicht in de plooi te houden terwijl ze het vraagt.

'Door nootjes te hakken?'

'Ja, dat zou je denken. Maar ik heb een keer gelezen dat ze er gemalen varkenshaar doorheen doen om die nootjes extra te laten glimmen. En als ze die nootjes nog meer willen laten glimmen, dan doen ze er vet uit mensenhaar doorheen. In de groothandel kun je dat haarvet gewoon in flessen kopen.'

'En in deze ijssalon stoppen ze neusharen in de hoorntjes om ze lekker knapperig te maken.' Hij smeert een lik ijs op haar neus. 'Kom, dan veeg ik het eraf.' Met de binnenkant van zijn hand veegt hij het ijs weg. Hij buigt zich voorover en geeft een zoen op haar neus.

Ze kan zich niet herinneren dat ze ooit van iemand een zoen op haar neus heeft gekregen. Niet nog een keer doen, denkt ze, anders val ik flauw.

'Je hebt heel grappige kleine sproetjes op je neus, wist je dat?'

Ze knikt. In de zon krijgt ze altijd sproeten. Vroeger – vorige zomer nog – vond ze dat heel lelijk. In een tijdschrift had ze gelezen dat je sproeten kon bleken door er met een halve citroen overheen te wrijven. Het had niks geholpen. Daarna had ze alleen nog maar meer sproeten gekregen. Aan het eind van de zomer hadden ze zelfs op haar voorhoofd gezeten. Maar het leuke van Jan is dat ze door hem alles aan zichzelf mooi vindt. Het is net alsof hij helemaal niet ziet dat ze eigenlijk maar heel gewoon is.

'Hé, *Jean!*' Een meisje met heel lange bruine benen fietst langs en zwaait naar hem. 'Is dat je kleine zusje?'

'Nee, dit is mijn vriendinnetje,' roept Jan, en hij slaat zijn arm om Isa heen.

Isa voelt haar gezicht nu bordeauxrood worden. 'Mijn vriendinnetje.' Hij zegt het alsof het heel normaal is. 'Wie was dat?' vraagt ze, terwijl ze naar haar teennagels kijkt alsof daar ineens iets heel bijzonders te zien is.

'Dat is Sofie, mijn ex. Maar die is niet helemaal lekker in haar hoofd.'

'Ze is wel mooi,' zegt Isa, die liever had gezien dat het meisje op de fiets niet benen van twee meter lang had en eruitzag als de winnares van *America's Next Top Model*.

'Maar niet zo mooi als jij, en al helemaal niet zo grappig als jij.'

'Zo grappig ben ik niet, hoor.'

'Echt niet?' Hij kijkt haar onderzoekend aan. 'Hmm, misschien moet ik je dan inruilen voor Mr Bean.'

Isa grinnikt.

'Maar Mr Bean is dan weer niet zo mooi. Zie je,' – hij knijpt zachtjes in haar bovenarm – 'het valt niet mee om het perfecte vriendinnetje te vinden. Maar kom, dan neem ik mijn bijna perfecte vriendinnetje mee naar een plek waar niemand langsfietst.'

Aan: izzy@izzylove.nl
Onderwerp: wat moet ik doen?

Izzy,

Ik heb een vriendin die zichzelf niet meer leuk vindt. Ik vind haar wel leuk. Wat kan ik tegen haar zeggen?

Marijke (die altijd jouw blog leest!!!)

Aan: Marijke@louiseromaniemail.nl
Onderwerp: Re: wat moet ik doen?

Hoi, dank je wel voor je mail. Het is helemaal niet gek om een keer in je leven niet goed in je vel te zitten. Wat je eigenlijk zou moeten doen is deze mail naar je vriendin doorsturen: Zeg de komende weken elke dag tegen jezelf dat jij de leukste, grappigste, liefste en belangrijkste persoon van de wereld bent. Neem een boekje (verstop dat goed zodat niemand het kan lezen) en schrijf daar elke dag in wat je sterke punten zijn. Wees niet te kritisch op jezelf. Je hoeft niet supermooi of superslim te zijn, maar er zijn vast honderd dingen die jou heel bijzonder maken. Schrijf ze allemaal op. Naarmate je jezelf beter gaat voelen, zul je zien dat je minder jaloers zult zijn en ook minder ruzie zult hebben. Ruzie en jaloezie komen namelijk allebei voort uit ontevredenheid of onzeker-heid. Loop rechtop, glimlach (mensen die veel glimlachen worden aardiger gevonden), doe elke dag iets aardigs voor iemand (vraag je moeder zomaar of je haar kunt helpen met iets, koop een klein cadeautje voor je vriendin of oma, geef je vader zomaar een zoen, houd een deur open voor iemand met veel boodschappen – whatever). Vertel niemand dat je bezig bent met veranderen, maar je zult zien dat je je na een week al beter zult voelen. Liefde (van vriendinnen, familie) moet je geven, niet krijgen. Hoe aardiger jij voor anderen bent, hoe aardiger zij voor jou zullen zijn, echt waar. Kies een liedje uit dat je mooi vindt en maak dat de komende weken tot je lijflied. Jij bent de hoofdpersoon in de nieuwe film getiteld: *Het leven van MIJ – en hoe alles beter werd!* En dat liedje is de soundtrack die bij die film hoort.

Het is misschien een gek advies, maar het kan echt helpen.

IzzyLove xxx

20

Terwijl Jan zijn fiets op slot zet, kijkt Isa naar de plek waar het allemaal begon. Voor het hek van de begraafplaats staat een groepje mensen bij elkaar, in hun handen houden ze bossen bloemen in plastic verpakt. Twee meisjes in lichtblauwe jurkjes rennen rondjes om hen heen. Een vrouw in een zwart jurkje en met een reusachtige zonnebril op probeert hen tegen te houden.

Isa probeert niet te vrolijk te kijken wanneer ze langs hen loopt, al zou ze het liefst zingend en radslagen makend aan hen voorbijgaan. Ze kan niet geloven dat ze hier loopt met Jan. Hij is leuk, denkt ze, mijn Jan Wazowski. Stiekem hoopt ze dat de mensen bij het hek hen nakijken. Dat ze denken: wat doet dat meisje hier met zo'n prachtige jongen? Dat ze zich afvragen hoeveel jaar ouder hij is en misschien, denkt Isa, kijken ze dan afkeurend, omdat ze vinden dat hij te oud voor haar is. Maar zij vindt hem juist precies goed. Nee, niet precies goed, maar béter dan goed. Ze wiegt een beetje met haar heupen en kijkt om over haar schouder. Maar de mensen bij het hek kijken hen helemaal niet na. Zelfs de twee kleine meisjes niet, die nu op hun hurken zitten en kiezelsteentjes naar elkaar gooien.

'Volgens mij moet het hier ergens zijn,' zegt Jan.

Het graf van Willem ligt een paar meter van het grote pad af, daar waar ze een paar weken geleden nog in een begrafenisstoet liep, toen ze nog geen flauw idee had wie Willem Koek was. Of was dat een paar maanden geleden? Nu de dagen geen schooldagen meer zijn, is ze elk besef van tijd verloren.

'Wat is het hier eigenlijk mooi,' roept Isa uit, wanneer ze over een pad lopen met aan weerszijden bomen waarvan de takken elkaar raken en een dakje van bladeren vormen.

'Sst, er liggen hier mensen dood te zijn,' zegt Jan.

'Sorry.' Ze slaat haar hand voor haar mond.

'Kom hier, gekkie, ik maakte maar een grapje.' Hij trekt haar op de grond en samen vallen ze languit op het gras.

'Pas op, straks zien ze ons nog.'

'Ik had je toch beloofd dat hier niemand langs zou komen?' Hij kijkt haar plagend aan. 'En we bezoeken toch gewoon een dode die we kennen. Je kunt niet zeggen dat we hem niet kennen, na alles wat we over hem te weten zijn gekomen.'

'Nee, maar we liggen hier wel bijna op zijn graf.'

'Leuk toch?' Hij knijpt haar in haar zij.

'Niet doen,' giechelt Isa.

'Kom, dan gaan we daar onder die boom zitten.'

Ze gaat tegen een boomstam zitten, een paar meter verderop in de schaduw. Jan ligt op zijn rug, zijn hoofd op haar schoot. 'Kijk, daar ligt hij,' zegt hij zacht.

Isa moet zich inhouden om hem niet aan te raken. Zo graag zou ze met haar hand over zijn haar gaan. Zijn hoofd lijkt steeds zwaarder te worden. Haar linkervoet begint te slapen, maar ze durft haar been niet te bewegen, bang om iets te veranderen aan dit moment.

'Onze vriend.' Jan wijst naar het graf van Willem. 'De man die ons heeft samengebracht.'

Isa voelt zich een beetje opgelaten. Het klinkt zo ernstig, vindt ze. 'Samengebracht', alsof ze verloofd zijn.

'Als mijn moeder hem niet had verteld dat ze zwanger van hem was, dan was hij met jóúw moeder getrouwd. En als hij met jóúw moeder was getrouwd, dan was jíj er niet geweest. En als míjn moeder ook echt zwanger van hém was geweest, dan was ík er niet geweest.'

'Ik begrijp er niets van, maar het klinkt alsof we niet hém moeten bedanken, maar je moeder.'

'Ja, die arme moeder van mij. Die heeft al die jaren met een heleboel geheimen rondgelopen. En het rare is dat, nu ik weet wie mijn vader níét is, ik helemaal niet meer hoef te weten wie mijn vader dan wél is. Ik weet niet anders dan dat ik alleen ben met mijn moeder. Ze is eigenlijk een vader en een moeder tegelijk.'

Isa staart naar de steen van hun vriend. Het is een gek idee dat zij nu aan het graf zit van het vriendje van haar moeder. Alsof háár dochter later bij het graf van Tristan zou zitten. Ze schrikt. Hoe kan ze nu ineens aan LVT – Lieve Voorbije Tristan – denken? Snel kijkt ze naar beneden en ze kijkt recht in de ogen van Jan.

'Waar zat je met je gedachten?'

'Hier vlakbij.'

'Hoe dichtbij?'

Isa krijgt het nog warmer en dat heeft niets met de zon te maken die steeds feller schijnt. 'Heel dichtbij.'

Jan gaat rechtop zitten en komt met zijn gezicht vlak bij het hare. 'Had ik al gezegd dat ik je echt heel bijzonder vind?'

De hitte is nu bijna niet meer uit te houden. Ze voelt haar gezicht weer net zo rood worden als bij de ijssalon. Als hij haar nu nog mooi vindt, met een gezicht als een stoplicht, dan moet hij wel echt verliefd zijn. 'Nee, dat had je nog niet gezegd,' grinnikt ze.

Hij pakt haar hand en geeft er een zoen op.

Isa voelt haar armen van elastiek worden met haar handen als slappe, wiebelende uiteinden. Hangt het leven niet van toevalligheden aan elkaar? Ze kan niet anders denken dan hoe wonderlijk het is dat ze dit allemaal te danken heeft aan de docenten die meer salaris wilden. Als zij niet hadden gestaakt, dan had zij nooit de tijd gehad om detective te spelen en dan had ze nooit ontdekt wat ze nu heeft ontdekt. Dat er nog veel meer leuke jongens zijn dan die ene die ze zo lang heeft proberen te vergeten.

Terwijl Jan nog steeds haar hand in de zijne houdt, kijkt zij naar het graf verderop. Dank je wel, zegt ze in gedachten. Dank je wel, Willem Koek, en dank je wel Vera en dank je wel alle toevalligheden die ons hier hebben gebracht.

'Kijk me aan,' zegt Jan, en hij strijkt met zijn hand over haar wang.

Nu ga ik echt flauwvallen, denkt ze. Ik ga flauwvallen in je armen.

'Denk je dat het verboden is om te zoenen op een begraaf-plaats?'

'Ik zag een bord staan bij de ingang,' zegt Isa, en ze heeft direct spijt van haar stomme grap, maar ze kan niet meer terug. 'Daar stond in heel grote letters VERBODEN TE ZOENEN op. Ik vond het nog zo gek, want ik dacht: wie wil nou zoiets verbieden? Maar als je erover nadenkt, ís het niet zo gek, want als er één ding is dat doden niet meer kunnen, dan is het zoenen, en dat vinden ze natuurlijk heel erg jammer en...'

'Kom hier, gekkie.' Hij legt zijn wijsvinger op haar lippen. Daarna zoent hij haar. Heel lang. Zo lang, dat ze bijna geen adem meer krijgt.

'Kom hier.' Hij trekt haar naar zich toe en slaat zijn armen om haar heen. 'Ik ga je nooit meer loslaten.'

Ik ga jou ook nooit meer loslaten, denkt Isa. Ze legt haar hoofd op zijn schouder. Ze heeft haar ogen dicht en luistert naar het bonzen van haar eigen hart, dat als een fanfare-orkest tekeergaat. Heel af en toe voelt ze een zoen op haar hoofd, heel zacht, alsof hij bang is om haar wakker te maken.

'Ik slaap niet, hoor,' zegt ze met haar ogen dicht.

'Dat weet ik. Ik slaap ook niet.'

Het liefst zou ze nu zeggen wat ze het sterkst voelt, maar ze krijgt de woorden niet uit haar mond. *I don't quite know how to say how I feel.* Waarom blijft het zo ontzettend moei-lijk om te zeggen wat je vindt tegen iemand op wie je zo ver-liefd bent? Ze opent een oog en kijkt naar het graf van Wil-lem. Hij kon het wel, denkt ze. Hij kon in al die prachtige brieven aan mijn moeder precies zeggen wat hij voelde, maar toen was het al te laat. Ze haalt diep adem en telt tot drie. 'Ik vind je zo leuk,' zegt ze zacht.

'Wat zeg je?'

Ze kan het niet geloven dat ze het heeft durven zeggen en dat hij het niet heeft gehoord. Ze knijpt haar ogen stijf dicht en zegt het nog een keer. 'Ik vind je zo leuk.' Ze schreeuwt het bijna over de begraafplaats.

'Wat zeg je?'

Wanneer ze haar ogen opendoet, ziet ze dat hij zijn lachen bijna niet kan inhouden. 'Ik verstond je wel, hoor, maar ik wilde het gewoon nog een keer horen.'

'Ik vind je stom.'

'Nu heb ik het geloof ik écht niet verstaan.'

'Ik vind je stom, stom, stom.' Isa moet nu ook lachen.

Hij zoent haar op haar wang en legt zijn hand op de hare. 'Ik vind jou ook stom,' fluistert hij. 'Ik vind jou het stomste meisje dat ik ooit heb ontmoet.'

whatever

Waar ik van houd:

Jarig zijn
Aardbeien eten
Nagels lakken

En

Jakhalsvlees braden
Aalscholvers kijken op de webcam van de Vereniging
Natuurmonumenten
Neushoorns tellen in Afrika

En

Jonagolds schillen, in heel kleine stukjes hakken en er
appeltaart van bakken
Alpenweitjes fotograferen
Neusbijholteontsteking opzoeken in de medische
encyclopedie

En

Jeu-de-boulen met mijn opa en oma
Antepenultima drieëntwintig keer heel snel achter elkaar
zeggen
Nutella eten tot ik misselijk ben

En

Jongens bewonderen
Ato zeggen in plaats van Cato
Netelkoorts genezen en daar de Nobelprijs voor winnen

Waar ik niet van houd:
Eh... niets eigenlijk...

Gisteren was zooo leuk! Ikhouzoooooveelvanjou! Hoop dat jij het net zoooooo leuk vond. En zooooo niet, dan kun je me altijd nog inruilen :). Strombolov xxx

Natuurlijk ga ik je niet inruilen! Wazowski XXX

LOVE

Contact met IzzyLove

Website

IzzyLove heeft natuurlijk ook een website.
Kijk op www.izzylove.nl

Hyves

Wil je Hyvesvrienden worden met Izzy? Voeg haar toe op:
http://izzylove.hyves.nl

Of word lid van de officiële Izzy-hyve:
http://izzy-love.hyves.nl

Netlog

IzzyLove is ook te vinden op:
http://nl.netlog.com/izzylove

Bronnen

Steven Kerry Brown, *The complete Idiot's guide to Private Investigating* (2003), Alpha – Penguin USA

Donna Dale Carnegie, *How to win friends and influence people for teen girls* (2005), Simon & Schuster

Melanie Mannarino, *The boyfriend clinic – the final word on flirting, dating, guys and love* (2000), Sagebrush

Erika V. Shearin Karres, *Crushes, flirts & friends – a real girl's guide to boy smarts* (2006), Adams Media

Herman Gorter, *Verzen*, Athenaeum-Polak & Van Gennep (1987)

Hans Warren, *Verzamelde gedichten*, Bert Bakker (2002)

Bontepels, *Sprookjes van Grimm*

Ovidius, *Methamorfosen: Pyramus en Thisbe*

Psychologie Magazine, jaargang 2006-2010

www.internetwoordenboek.com

Muziekcitaten:

Jennifer Holliday: *And I am telling you I'm not going* (uit de musical Dreamgirls)
Pitbull: *I know you want me*
Adele / Bob Dylan: *Make you feel my love*
Bob Dylan: *Forever young*
Snow Patrol: *Chasing cars*

Met dank aan:

Thille Dop
Willemijn Tillmans
Jim Rotteveel
Roelfke Braam en de Roelies
Anna Luten en Michael Krasilowski

Manon Sikkel won de Hotze de Roosprijs 2009

Is liefde besmettelijk? door IzzyLove

Op haar weblog kan Isa precies uitleggen wat liefde is en wat je er tegen of aan kunt doen. Maar als ze zelf voor het eerst echt verliefd wordt, gaat bijna alles mis. En moet ze uiteindelijk kiezen tussen haar gedroomde jongen en de jongen van haar dromen...

Is vriendschap 4ever? door IzzyLove

Wanneer Isa denkt dat haar vriendje niet meer van haar houdt, roept ze de hulp in van haar vriendinnen. Ze proberen met voodoorituelen de liefde weer op te laten bloeien. Maar deze zijn lang niet zo onschuldig als ze lijken. De tovenarij brengt niet alleen het hart van de verkeerde jongen op hol, maar dreigt ook een einde te maken aan de vriendschap tussen Isa en haar vriendinnen.